花の散るらむ

高崎藩下仁田戦争始末記

藤原文四郎

小泉又三郎

関根榮三郎

郁朋社

花の散るらむ　――高崎藩下仁田戦争始末記――／目次

装丁／宮田麻希

花の散るらむ

――高崎藩下仁田戦争始末記――

一　プロローグ

その寺は、千年以上前に建てられたと云われている。麓《ふもと》から見上げると、見事なまでに参道が山上に向かって続いている。

その寺に行くには、五百二十段の石段を歩かねばならないが、参道を歩き始めると、そのことに感謝をする。休日だというのに、歩いている人が誰もいないのである。

おかげでその参道は、時の流れが止まったような姿をとどめてくれている。雨上がりであれば木々の緑がより一層と鮮やかになり、その参道をますます際立たせてくれている。

苔むした石段を一段、また一段と登っていくと、やがて朱色の山門が目の中に入ってくる。仁王門である。

その仁王門の鰐口《わにぐち》の下をくぐりさらに歩を進めると、ようやく石段のはるか先に観音堂「大悲閣《だいひかく》」を目にすることができる。

あそこまで歩かなければならないのか……と、一瞬気が滅入りかけるが、その石段をなんとか登り切り、見事なまでの朱塗りの舞台の下を通ると、ようやく観音堂「大悲閣」の前に立つことができるのである。

「父上、はるか遠くに見えるあの山が筑波山《つくばさん》ですか」

祭之助《さいのすけ》は高崎城の西にある観音山に登り、清水寺《せいすいじ》から東の方角を指さし、隣にいる父の若原七郎兵衛に聞いた。弟の達三も一緒である。

「ああ、今日のような良い天気であれば、ひょっとしたら見えるかと思い、ここまで足を運んできたかいがあったな」

そう言いながら七郎兵衛は、じっと筑波山の方向を見ている。

（お味方は、緒戦ではあまり良い話を聞きませんが……）と、祭之助は口にしようとしたが躊躇《ちゅうちょ》した。

水戸藩の藤田小四郎らが、尊王攘夷の旗をあげ筑波山で蹶起《けっき》をしたことから、高崎藩では幕府の命令に従い、重臣の田中正精《まさきよ》・長坂忠恕《ただゆき》に約千人の藩兵を率いらせ筑波方面に派兵をしている。その出兵した高崎藩兵が、緒戦では散々な負け戦であったことを祭之助は噂で耳にしていたからである。

「おそらく慣れない土地で、長坂様や田中様は大変な苦労をしているのであろう。徳川の世になってから戦《いくさ》など、もう二百年以上もなかったからな……」

七郎兵衛はそうぽつりと口にした。出兵できなかった悔しさがあるのであろうか、その眼はじっと筑波山を睨《にら》むようにして見つめている。

そして、七郎兵衛は隣にいる祭之助に視線を移す。

「祭之助、いつ藩から我らに出兵の指図《さしず》があるやも知れん、くれぐれも準備を怠《おこた》るではないぞ、よいな」

と、厳しい口調で言った。

「はい、私を本木家に迎えてくれました養父のためにも、本木家の名に恥じぬ働きをするつもりです。既に本木家のご先祖様から代々伝わる鎧兜《よろいかぶと》の修繕は済んでおります。いつ出陣の命があっても大丈夫です」

そう返事をする祭之助は、昨年元服を済ませたばかりの十五歳の若侍である。しかし、その顔のあどけなさとは不釣り合いなほどに、その声からは気概が感じ取れる。

祭之介は、若原家から跡取りのいない本木家に養子に迎えられている。既に、その養父を亡くしている祭之助は、若いとはいえ、今やりっぱな本木家の当主なのである。


若宮家も本木家も共に高崎藩の馬廻格《うままわりかく》五十石取の藩士であり、合戦の際には働武者《どうむしゃ》（古来は騎乗を許されていた上級武士）として、戦いの中心的な役割を担う戦闘要員となる家柄である。

高崎藩では、五十石取り以上の藩士は、自らの鎧兜を身に付けて合戦に臨まなければならない。先祖代々の鎧兜は、鎧櫃《よろいひつ》の中で二百年以上使われずじまいであった。さぞかし修繕には、手間と費用がかかったことであろう。

中には、先祖伝来の鎧兜を質屋に入れていた者もあるという。無理もない、徳川泰平の時代がおよそ二百五十年も続いていたのである。

長い石段を上り、清水寺の山門下の石段から観音堂を望む

清水寺《せいすいじ》は、大同三年（八〇八年）坂上田村麻呂《さかのうえたむらまろ》が東国平定の際、戦死した将兵の冥福《めいふく》を祈るために京都の清水寺《きよみずでら》から勧請《かんじょう》し、高崎の観音山に建立《こんりゅう》したと伝えられている古く歴史のある寺である。

それは高崎城の西を流れる烏川《からすがわ》の対岸の観音山の上に、まるで高崎城を見下ろすかのように建てられている。

現在は、観音山の頂上までは自動車でも行くことができるが、当時は麓《ふもと》から五百二十段の長い石段を歩いて登らなければならなかった。ありがたいことに、その参道は今も、七郎兵衛と祭之介が歩いた当時のままに残されている。そして、時の流れが止まっているかの如く、深い木々の緑と苔に覆われている。

その参道の先には仁王門、山門（朱塗りの舞台）、観音堂「大悲閣《だいひかく》」がある。特に朱色の山門から見渡した当時の高崎城下の眺めは見事であった。

昭和九年（一九三四年）に描かれた吉田初三郎画

の高崎市街の鳥瞰図《ちょうかんず》では、当時の高崎城（陸軍高崎十五連隊が駐屯）と清水寺が描かれている。その鳥瞰図からは、清水寺から見た高崎城下の圧巻の景色を十分なほどに想像することができる。

そして、この清水寺から、はるか東を望むと、関東平野の中にぽつんと筑波山を見ることができる。標高八百七十七メートルと、そう高くはない筑波山ではあるが、良く晴れて空気が澄んだ冬の日には、こんなにも近くに見えるものかと驚かされる。

二　高崎藩大河内家

高崎藩主大河内《おおこうち》氏は、摂津《せっつ》源氏源頼政《よりまさ》の孫顕綱《あきつな》の後裔《こうえい》と称した一族であり、江戸時代の大河内正綱《まさつな》の代に徳川氏一族の長沢松平家の養子となり、それ以後は大河内松平家と称している。今も高崎市内には、その先祖を祀《まつ》る頼政神社がある。

江戸時代には、大河内松平家は大名家として三家があった。玉縄《たまなわ》藩は松平正綱の長男正信が相続し、その孫の代には上総大多喜《おおたき》藩に転封している。

松平信綱とその子孫は代々「松平伊豆守」を名乗り、下総古河《こが》藩・三河吉田藩と移りながら何人かの老中を輩出している。

信綱は「知恵伊豆」と呼ばれ、現在でも広く名が知られている。あの島原の乱では幕府軍の総大将を務めている。

信綱の五男信興は下総土浦藩に封ぜられ、養子輝貞《てるさだ》からは上野高崎藩主として幕末に至り、この天狗党の乱をむかえることになるのである。


高崎藩の所領は八万二千石である。飛び地として越後国蒲原郡《かんばらぐん》一の木戸（現新潟県三条市）に二万一千三百石、下総国海上郡《しもうさのくにかいじょうぐん》飯沼（現千葉県銚子市と海上町）に五千六百石、武蔵国野火止《のびとめ》（現埼玉県新座《にいざ》市）に二千八百石などがあった。

後のことになるが、あの戊辰戦争の際、長岡藩に近い越後の一の木戸陣屋では、その地理的な事情もあり奥羽越列藩同盟に加担し、西軍を相手に大いに奮戦したと記録にある。


大河内松平家の居城高崎城は、城の西側を烏川の断崖に守られた平城である。

現在の高崎は、古く平安時代には赤坂の庄と呼ばれていた。

鎌倉時代、初代侍所別当であった和田義盛が和田合戦で滅ぶと、義盛の八男義国は上野国に落ちのび、この赤坂の庄に移り住んでいる。和田城は、その和田氏が築城したものである。

豊臣秀吉の小田原征伐の後に徳川家康が関東に封ぜられ、徳川四天王の井伊直政が榛名《はるな》山麓の箕輪《みのわ》城《じょう》に入る。その後幕命によって直政は、秀吉の小田原征伐以降は廃城となっていた和田城の跡に移ることになる。そして、その名を和田城から高崎城と改名している。これにより高崎城の歴史は始まる。

井伊直政の築城した高崎城の西郭は、和田氏が築城した和田城の櫓台跡であったが、平成十九年（二〇〇八年）、和田橋交差点の立体交差化工事のため、とり壊されてしまった。残念な限りである。

今日の高崎城址にて現存する櫓《やぐら》は、乾《いぬい》櫓のみである。

明治維新後に民間に払い下げとなった後、近くの農家で荒れるままに納屋として使用されていたものを、昭和五十一年（一九七六年）現在の位置に復元移築されている。

天守閣は三層であり本丸の西北にあった。御三階櫓と云われていた。高崎城は、明治時代初頭から高崎十五連隊の駐屯地であったが、その時に撮影された古写真が残されている。

その他に本丸には、乾《いぬい》（北西）艮《うしとら》（北東）巽《たつみ》（南東）坤《ひつじさる》（南西）の四つの隅櫓《すみやぐら》があった。

縄張りは本丸を囲むように、西の丸、梅の木郭、榎郭、西曲輪、瓦小屋の各郭があり、その東側を二の丸、三の丸が梯郭式《ていかくしき》に構えられていた。

城の周りは土塁で囲まれ、石垣はほとんど用いられなかった。そして城内にはかつて十六の門があった。

二の丸、三の丸は、井伊直政の時代に縄張りがされており、かなりの広さである。特に三の丸は、あの関ケ原の合戦のおり、西に向かう三万の徳川秀忠の軍勢が三日間滞在しても、全く不自由しなかったと云われている。

追手門枡形《ますがた》は、寛文九年（一六六九年）高崎城下から追手門を通り城へ入る入口の前に設けられた。低い石垣の上に柵を設け、中央に木戸がある。内側は二重の食い違いがあり、南側には町奉行所があった。

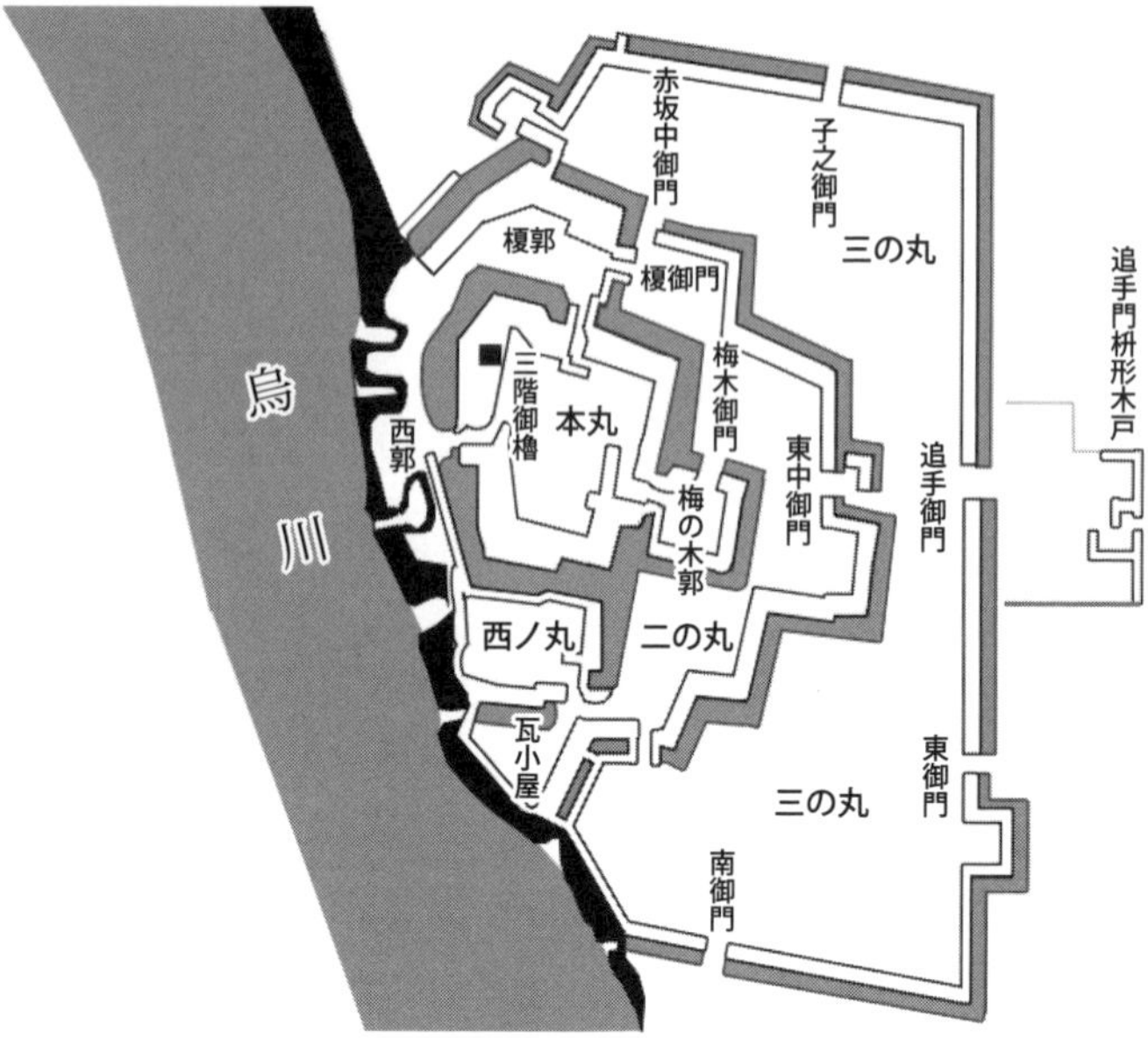

高崎城縄張
各種絵図、模型などを参考に著者作成

移築復元された現在の高崎城乾櫓、東門

平成十年（一九九八年）、高崎藩と高崎城に関する一連の資料が櫻井一雄氏から高崎市に寄贈されている。

この資料には多くの絵図面が含まれており、城下、城の縄張り、櫓、門、御殿、土塁や堀などの往時の姿をより詳細に知ることが可能となった。嬉しい限りである。高崎市のふところ具合にもよるが、高崎城の再建は可能である。

現在の高崎城城址には、明治になって農家に払い下げられていた乾櫓と東門が移築復元されている。

三　水戸徳川家

嘉永《かえい》六年（一八五三年）六月、アメリカ海軍のペリーが軍艦四隻を率いて浦賀沖に姿を見せ、二百五十年以上続いた徳川太平の世は終わった。そして、その日から、日本のいわゆる幕末は始まった。

幕末期において、桜田門外の変に代表されるように、当初の水戸徳川家の存在は非常に大きかった。その水戸徳川家には秘訓があったと、徳川慶喜が『開国五十年』の中で述べている。

その秘訓とは……

「万が一に幕府が朝廷と事を構えるようなことが起これば、水戸徳川家は朝廷へ味方せよ」

と、いうものであったという。

徳川家康ほど、徳川家の将来の安泰を考えた人物はいなかったところから、その秘訓を水戸徳川家に授けたのは、おそらくは家康であろうと云われている。

もし、日本を二分して朝廷と徳川家が争うようなことがあり、徳川宗家が滅んだとしても、水戸徳川家は存続し続け徳川家は滅ぶことはない。いかにも家康が考えそうなことである。

家康が第十一子の頼房《よりふさ》を水戸に封じるにあたり、そのような秘訓を与えていたと考えれば、頼房の子水戸光圀《みつくに》が大日本史の編纂《へんさん》を行い、それがやがて水戸学の礎となり、水戸徳川家が尊王攘夷運動の中心となることも十分に納得がいく話である。それは、徳川家の存続のためであったのである。

しかしながら、水戸で生まれたその尊王攘夷運動が幕末期に多くの諸藩や草莽《そうもう》の志士らに影響を与え、ついには討幕運動にまで発展し、最終的には徳川家を滅ぼすという、おそらく家康本人も思っていなかった皮肉な結末となってしまった。

そして幕末期には、その秘訓を授けた水戸徳川家は凄惨《せいさん》な藩内抗争に明け暮れ、あまりにも多くの人材を無駄に失ってしまい、家康の目論見通りの活躍ができなかった。

そして明治新政府は、水戸徳川家の尊王攘夷運動のかつての盟友であった薩摩藩、長州藩に完全に牛耳られ、尊王攘夷運動の総本山であった水戸徳川家の入る隙間は全くなかったのである。

その幕末期に第九代水戸藩主となった徳川斉昭《なりあき》は、第八代藩主斉脩《なりのぶ》の弟である。

斉脩が亡くなった際、水戸藩の執政《しっせい》榊原照昌《てるあき》らは、老中水野忠成《ただあきら》ら幕府の要人と結び、十二代将軍家斉《いえなり》の第四十五子清水恒之允《つねのじょう》を第九代水戸藩主として迎えようと画策《かくさく》した。

これを知った藤田東湖《とうこ》らは、家老の山野辺兵庫を中心とし斉脩の弟の敬三郎（後の斉昭）を推戴《すいたい》し、武田耕雲斎《こううんさい》らもこれを支援した。

ついには、斉脩の遺書を榊原照昌に突き付け直談判することにより、斉昭の襲封《しゅうほう》にようやくこぎつけるのであった。

すると斉昭は、藩主になるや執政榊原照昌とその一党を直ちに退け、山野辺兵庫、藤田東湖らを新たに藩の要職につける。あからさまな報復人事である。当然、退けられた榊原照昌とその一党の深い恨みを買うことになる。

斉昭の藩政では、質素倹約、海岸に砲台を築くなど軍備の充実を行い、また藩校弘道館を設け領内各地に郷校を開き、文武の奨励を行った。しかしながら、斉昭がさらに仏教排斥に手を付けたことが墓穴を掘ることになる。

斉昭は領内二百余の寺院を破壊し、寺の鐘を鋳つぶして大砲の鋳造《ちゅうぞう》を行った。その様な仕打ちに耐えかね、水戸藩領内の僧侶らが江戸や京都で訴えを起こしたのである。

これにより、弘化《こうか》元年（一八四四年）、幕府は斉昭に隠居謹慎を申し付けた。斉昭四十五歳の時である。

藤田東湖ら三十余名も、この機に共に藩政から退けられ禁固や蟄居となり、執政結城寅寿《ゆうきとらかず》（水戸藩保守門閥派の代表。かつての南朝の忠臣結城宗広《むねひろ》の子孫）ら一党がこれに代わることになる。水戸藩内において、またしても報復人事が行われたのである。

その後、武田耕雲斎らによる斉昭の赦免運動が行われたことにより、嘉永二年（一八四九年）斉昭の謹慎は、ようやく解かれる。

そして、再び保守門閥派の結城らが報復人事で激しい弾圧を受けることになる。結城寅寿は、那珂郡《なかぐん》長倉村の陣屋に拘禁《こうきん》される。そして、結城寅寿の処分を止めていた藤田東湖が安政の大地震で亡くなると、すぐに寅寿に死罪が申し渡され、切腹をさせられる。その側近の谷田部雲八は斬首され、その他の十余名も処分されることになる。


水戸藩の、この保守門閥派と尊攘派の争いは、水戸家が尾張や紀伊家と異なり、参勤交代が免除された唯一の江戸常府の藩であり、藩主が江戸小石川の藩邸に常住し国元から離れ生活していたことに遠因があると云われている。水戸と江戸に分かれた派閥が作られやすい環境であったのだ。また大藩であるがゆえに、組織内部の権力闘争にエネルギーが向けられたのではないだろうか。


保守門閥派と斉昭派の藤田東湖、武田耕雲斎らの間にて、こう何度も報復に報復を重ねては、二つの派閥の間での恨みつらみが修復不可能なほどに根深くなり、その後の水戸徳川家は、凄惨な藩内抗争に明け暮れることになるのである。

無駄に藩内の抗争にて膨大な人材とエネルギーを消費し、水戸徳川家が明治維新の前後に、なんら際立った働きができなかったことは、まことに残念な限りである。

維新後の明治新政府は、かつての尊王攘夷運動の盟友である薩摩藩、長州藩に完全に牛耳られ、尊王攘夷運動の総本山である水戸徳川家の入る隙間は全くなかったと前述したが、薩摩や長州の尊王攘夷運動は、あくまでも幕府を倒すための口実であり、孝明天皇亡き後の薩摩長州に牛耳られた明治政府にとっては、水戸藩の尊王攘夷運動は過去の遺物であり、じゃまな存在以外の何ものでもなかったのである。

そうして維新後の明治政府は、大英帝国のアジア戦略に組み込まれ、徳川幕府となんら変わることなく開国近代化政策を続け、さらにはそれを加速させていくことになる。そして、日清・日露戦争、そしてついには第一次・第二次世界大戦へと突き進んでいくのである。

四　藤田小四郎蹶起《けっき》

十九世紀に入ると産業革命のため、欧米の国々による日本近海での捕鯨が盛んとなってくる。そして水戸周辺においても、異国船の出没が次第に増えてくるようになる。

ペリー来航のおよそ三十年前の文政七年（一八二四年）、英国船数隻が水戸藩領の常陸大津浜《おおつはま》沖に現れる。英国人十二名が上陸し、付家老中山備前守の役人に捕らえられる。尋問すると、船内に壊血病《かいけつびょう》の患者がおり、新鮮な野菜や水を得たいと困窮《こんきゅう》したために上陸したことがわかった。水戸藩ではこれらを与え船員を船に返した。これを大津浜事件という。

大津浜事件だけではなく、ペリー来航前からイギリスの捕鯨船が水戸藩領沿岸にたびたび近づき、藩の禁令を無視し、勝手に地元民らと物資交換など交流を行うなどの行為が増えてきていた。このことが水戸藩に危機感を与え、攘夷論の高まりを芽吹かせたといえる。

ペリー来航後では特に、徳川斉昭と藤田東湖のもと、尊王攘夷運動が過激なほどに水戸藩で盛んとなり、「夷狄《いてき》から国を守るには、もう幕府を当てにできない」と、幕府に対しての不信感が急激に高まっていく。

しかしながら残念なことに、安政二年（一八五五年）の江戸の大地震において藤田東湖を失い、桜田門外の変から半年後の万延元年（一八六〇年）八月には、戊午《ぼご》の密勅（日米修好通商条約の無勅許調印を受け、孝明天皇が水戸藩に幕政改革を指示する勅書〈勅諚《ちょくじょう》〉を直接下賜した事件）で水戸に永蟄居であった徳川斉昭までもが亡くなってしまう。そして水戸藩での尊王攘夷運動の勢いは、急速にしぼんでいくのである。

また、かつて桜田門外の変にて、水戸藩との協力関係にあった薩摩藩においても、文久二年（一八六二年）島津久光が藩内の尊皇派を粛清した寺田屋事件が起こり、水戸藩と同様に尊王攘夷運動が大きく失速してしまう。そしてその隙《すき》に、長州藩や武市半平太に率いられた土佐藩などが尊攘派として京都で暗躍を始め、過激派浪士と共に京都を血に染めていくのである。

しかし、水戸藩には、あの藤田東湖の四男の小四郎がいた。

藤田小四郎は天保十三年（一八四二年）生まれ。小四郎は兄弟の中で最も才能があり活発であったと云われている。父親の東湖の厳しい薫陶《くんとう》を得て成長し、勉学に励み自身の才能を磨くことに専念し、学問だけでなく武術にも精励し、剣術から弓道、さらに鎗にも通じるという多彩ぶりであったと伝わっている。

あの渋沢栄一をして、

「平岡円四郎の外に、私の知っている人々のうちでは、藤田東湖の子の藤田小四郎といふのが一を聞いて十を知るとは斯《かか》る人のことであらうかと、私をして思はしめたほどに、他人に問はれぬうちから前途へ前途へと話を運んでゆく人であった」

と、言わせている。（『実験論語処世談』より）

文久三年（一八六三年）、水戸藩主慶篤《よしあつ》が将軍徳川家茂《いえもち》に従って上洛した際、藤田小四郎はこれに従っている。

その際、長州藩の桂小五郎、久坂玄瑞《くさかげんずい》など多くの尊攘派の志士との交流を深め、全国の尊王攘夷論者が水戸藩に対して大きな期待を寄せていることを知るに及び、小四郎は藤田東湖の子としての誇りを感じえずに得なかった。

この上洛までの藤田小四郎は、ただ単に同志らと尊王攘夷論を交わす一介の書生であったが、尊王攘夷論に染まった京都の空気に触れたことにより、以後小四郎は、彼の考えている尊王攘夷を実現させるために動きだしていくのである。

長州藩と水戸藩との関係は深い。

長州藩の村田清風と水戸藩の藤田東湖が接触したことにより長州藩では水戸学を取り入れ、あの吉田松陰は水戸藩まで足を運び、会沢正志斎《あいざわせいしさい》を訪ねて教えを受けている。

会沢正志斎は水戸藩士の子として生まれ、十歳にて藤田幽谷《ゆうこく》の私塾へ入門し、その教えを受けている水戸学藤田派の学者・思想家である。

会沢正志斎は、先に記した大津浜事件では、イギリス人の船員と会見し、その会見の様子を『暗夷《あんい》問答《もんどう》』に記し、翌年その対策についての考察、尊王攘夷論について体系的にまとめた『新論』を著し、当時の水戸藩主徳川斉脩《なりのぶ》に上呈している。

長州藩の、あの高杉晋作も、会沢正志斎の高弟加藤桜老《おうろう》を長州藩に招き、同志らと共に彼から水戸学を学んでいる。


将軍徳川家茂は、この初の上洛の際、攘夷実行の期限を五月十日と強引に決められ、早々に江戸へ引き上げることになる。

そして、その五月十日に長州藩は下関海峡を通過する米、英、蘭、仏の四か国の商船を砲撃し、攘夷を決行して気勢を上げた。これにより長州藩は、孝明天皇から褒賞《ほうしょう》の勅旨《ちょくし》をもらい、その勢いは増々盛んとなっていく。

しかし、長州藩の突出を好まず、これにブレーキをかけたのが薩摩藩である。薩摩藩は会津藩と手を結び、長州派の公家など長州の勢力を京都から一掃するクーデターを行った。これが八・一八の政変である。

三条実美など急進的な尊攘派公家と、その背後の長州藩は朝廷から排除され、京都を追われ長州に落ちる。この政変を藤田小四郎は江戸で知ることになる。

そして小四郎は、江戸麻布の長州藩邸にて桂小五郎らと会談を持った。長州藩は攘夷を貫くため、近く京都に攻めあがる旨を伝えられると共に、長州藩と呼応して水戸藩も是非挙兵してもらえぬかと打診をされたのである。

そして元治《げんじ》元年（一八六四年）三月、小四郎はついに筑波山にて六十三人で兵を挙げる。この蹶起《けっき》には、長州藩からの金銭的な援助もあったことが記録に残されている。

小四郎は、徳川御三家の水戸藩と、幕府を窮地に追い込み自からが政治の実権を握りたい長州藩の尊王攘夷とは異なることを感じていながらも、ここで自分らが立ち上がらなければ幕府は益々危機に陥ると考え、ついに攘夷実行の先兵として立ち上がろうと決断したのであった。

本当の話かどうかはわからないが、長州藩では、毎年恒例の新年拝賀の儀で、家老が「今年は倒幕の機はいかに」と藩主に伺いを立てると、藩主は毎年「時期尚早である」と、答えるのが習わしだったという。

長州藩の目的は、幕府ができない攘夷を長州藩自らが行い、幕府を窮地に追い込み、幕府の代わりに日本を牛耳ることである。これが、長州藩の尊王攘夷運動のもくろみであり、それが幕末にうまくことが進み始めると、一気に倒幕に向かっていくことになるのである。

小四郎の心情は、友人の野口哲太郎（藤田東湖の門下生であり、童謡や詩人として有名な野口雨《う》情《じょう》の父の叔父にあたる）に送った訣別《けつべつ》の書に記されている。

要約すると、

「幕府の違勅に天皇の怒りは甚《はなは》だしく、やがて倒幕に向かい攘夷の親征が行われるであろう。これを黙って見過ごすことは、水戸藩の藩祖の考えを守ってきた斉昭様、父東湖の苦労を水の泡とするものであり、奉勅《ほうちょく》実行の先駆けにならんと決心した」とある。

小四郎は、あくまでも徳川家のために攘夷の先鋒とならんとしたのである。

小四郎らは、老中板倉勝静《かつきよ》に上書を送り、水戸藩主良篤《よしあつ》の実弟の鳥取藩主良徳《よしのり》、備前藩主良政《よしまさ》にも上書を送るなど、各方面にも応援を求めている。

そして、元治元年（一八六四年）三月二十七日、小四郎らは筑波山にて蹶起したのである。この蹶起の一隊は、波山勢とも筑波勢とも天狗党とも呼ばれていた。天狗党とは、水戸藩中の尊王攘夷派のことである。

小四郎は二十三歳と若輩であったため、水戸町奉行田丸稲之右衛門《たまるいなのうえもん》を説得し領袖《りょうしゅう》としている。

小四郎らの筑波山での蹶起の当初は、その人数はわずかに六十三名であった。しかしながらその蹶起を知り、水戸藩領内の各地から多くの尊攘派が集まってきた。

その背景として、水戸藩では郷校と云われる庶民の教育機関があり、多くの郷士や農民などが、そこで学んでいることにある。水戸藩内でのその数は十五を数えた。これらの郷校は、藩内の尊王攘夷運動の広まりとともに多くの尊攘派を育てる土壌となっていたのである。

（郷校とは郷学とも呼ばれ、なにも水戸藩の特別なものではない。その性格は藩校の分校的存在、藩による庶民教育機関、庶民の組合的組織による地方学校などに大別される。江戸時代後期には多くの藩にて郷校が設けられている）

また、諸国からも多くの尊攘派が筑波山をめざして集まってきた。その尊王攘夷の旗の下には、盟友である宇都宮藩を脱藩してきた者や、尊攘派の志士や諸国の牢人、農家の次男や三男、神官、さらには浮浪遊侠の徒までが集まり、人数は瞬く間に数百人の規模に膨れ上がっていった。そして、その兵力を維持するための軍資金集めが行われ、遠く上州にまで足を運んでいたと記録にある。この資金集めには、強盗まがいの過激な取り立てが相当にあったようである。

田中愿蔵《げんぞう》は、水戸藩の藩校弘道館、江戸の昌平坂学問所で学んだ後、水戸藩が那珂郡野口村に設立した郷校の時雍館《じようかん》の館長を務め、領民の教育活動を行っていた。

藤田小四郎が筑波山で挙兵すると、教え子らを率いてこれに参加。幹部となって一隊を指揮することになる。

この田中愿蔵隊が小四郎らの本隊から離れ、別動隊として独自に行動し、軍資金の調達のため豪農や商家に押し入り強盗まがいのことを始めたことにより、小四郎らの筑波蹶起軍が庶民から恐れられていくことになるのである。

田中隊は栃木宿において、軍資金三万両の差し出しを要求する。しかし、栃木宿側がこれに応じないと知るや、「天誅を加える」と家々に押し入って金品を強奪したうえ宿場に放火、多くの町民を殺害した。栃木宿では二百三十七戸が焼失したとある。

今もこの事件は「愿蔵火事」と呼ばれ、地元で語り継がれている。いかに凄まじいものだったかを想像できるかと思う。

また田中隊は、土浦藩領の真鍋宿においても同様に略奪、放火を行い七十七戸を焼失させたとある。

この田中隊の強盗略奪行為の情報は、瞬《また》く間《た》に関東一円に広がった。

これにより、尊王攘夷の先鋒として、多くの人々に心情的な共鳴を与えていた筑波勢の蹶起の大義名分が一気に消し飛んだのである。

田中隊のこの行為が人々に与えたのは、筑波勢に対する恐怖心だけであり、民心は天狗党から完全に離反してしまったのである。それまでは、筑波勢の軍資金調達に比較的に好意的な人々もいたが、以後は皆無となる。

また、筑波挙兵に一応の理解をしていた宇都宮藩では、この田中隊の行為が影響を与え、尊王攘夷派を追放することになってしまう。小四郎らが目論んでいた宇都宮藩との連携もあっという間に消し飛んだ。

こうして田中愿蔵の思慮に欠けた行動により、天狗党はただの「暴徒」として広く世間に認知されることとなってしまったのである。そして、それは幕府が本格的な追討軍を差し向ける大きなきっかけとなっている。

しかしながら、この時点においても幕府の政治総裁職であった川越藩主の松平直克《なおかつ》のように、まだ筑波蹶起に好意的であった勢力もあった。

直克は、筑波勢の本質的な目的が攘夷である以上、幕府が朝廷に対して約束をした通りに「鎖港」をすれば、自然に解決する問題であると将軍家茂に対して進言を行い追討令に反対した。しかしながら、後に直克はこれにより他の幕閣と激しく対立し、政事総裁職を罷免《ひめん》され以後幕政から退くことになる。

幕府は筑波勢の討伐に結城藩、下妻藩など周辺の十一の諸藩に出兵を命令すると共に、幕府追討使藤沢志摩守《しまのかみ》は千九百の軍勢を率いてきた。幕府は水戸藩に対しても出兵を要求し、水戸藩からは、市川三左衛門《さんざえもん》が弘道館の諸生ら七百余名を率いて出陣をする。

高崎藩は、上州の諸藩では唯一その出兵命令を受け、武者奉行田中正精《まさきよ》、長坂忠恕《ただゆき》の二隊の合計千名を随時筑波方面へ出兵させている。この出陣では甲冑は準備されたが一度も用いることはなく、陣笠と野袴という軽装であった。

この第一次幕府追討軍と筑波勢との初戦は、七月七日に筑波と下妻の間の高道祖《たかさい》村付近で行われた。筑波勢は二百六十余人、追討軍はおよそ二千五百人である。筑波勢は衆寡《しゅうか》敵せず敗れる。

しかしながら筑波勢は、その日の夜に下妻の追討軍の本営である多宝院に対し夜襲を決行する。勝利の祝杯に酔っていた追討軍は、諸藩の兵も含め総勢六千人程度に膨れ上がっていたが、この夜襲を受け狼狽《ろうばい》し一挙に総崩れとなる。

『筑波水滸伝《すいこでん》』によると、この奇襲により、追討軍の討ち取られた首は五十四とある。また、大砲十一門、鉄砲三百二十九挺の他、多くの兵糧米を奪われたとある。

この夜襲時に、高崎藩の先発隊は近くの雲充寺《うんじゅうじ》にいたが、多宝院の燃え上がるのを見て筑波勢の奇襲を知り、混乱した高崎藩兵百三十名は戦わずして夜道を必死に逃げてしまうという大失態を演じたのである。

そのあわてふためいた様子を見聞きした人々も多く、広く噂となり高崎藩は大いに面目を潰してしまう。また当然ながら、幕府追討軍目付永見貞之丞から、高崎藩はこの雲充寺での不首尾を強く責められる。

その後、高崎に一時戻った田中正精、長坂忠恕らは、城代宮部兵右衛門から、大河内松平家の武名を大きく傷つけたと、その不手際を他の重臣達の前で厳しく叱責されることになるのである。

下妻での合戦後、幕府の追討軍は兵糧などが欠乏し、やむなく一時江戸まで引き上げざるを得なかった。そして、市川三左衛門らの水戸勢は水戸に戻ることになる。そして、水戸城を占拠した市川勢は、なんと筑波に蹶起した攘夷派の、その家族や一族までをかたっぱしから捕らえ牢に入れ残虐な仕打ちを始めた。

それを知った藤田小四郎らの筑波勢は、水戸城に攻めかかり市川勢との血を血で洗う激しい戦いを始める。しかしながら筑波勢は、最終的にはその戦いに敗れてしまい水戸城から引き上げることになる。

そうした間、幕府では参政田沼意尊《おきたか》を総督とし、総勢一万三千余の兵にて追討軍の大規模な再編成を行っていた。

田沼意尊は、相良《さがら》藩一万石の藩主であり、あの田沼意次《おきつぐ》の末孫となる。意尊は、追討軍の総督になる以前から、筑波勢の徹底殲滅を幕閣の中で激しく主張しているほどの水戸嫌いであった。その遠因を、意尊が尊敬してやまない曾祖父の田沼意次の失脚事件に、当時の水戸藩主徳川治保《はるもり》が影響を与えていたからだとの説がある。

新たな追討軍が発せられるという状況下において、水戸藩主徳川慶篤は、水戸に出向き事態の収拾をしようと考えたが、当時の幕府は七月十九日に起こった蛤御門の変以後の第一次長州征伐で多忙を極めていた。

そこで、自らの名代として支藩宍戸《ししど》藩主松平頼徳《よりのり》を水戸に向かわせることになる。その中には市川三左衛門らに家老の地位を追われ、後に天狗党を率いた元家老の武田耕雲斎や山国兵部の顔も見られた。(この一隊は大発勢《だいはつぜい》と呼ばれている)

城に入ろうとした藩主名代の頼徳に対し、あろうことか市川三左衛門は城への単騎入城を要求し、ついには鉄砲を撃ちかけることに及ぶ。そのため、頼徳らは水戸城に入ることができず那珂湊に移ることになる。そこに藤田小四郎らの筑波勢が合流し、頼徳らは、ここで不本意ながら攻め寄せてきた市川三左衛門らと交戦してしまう。そして、頼徳らと藤田小四郎らの那珂湊連合軍と、市川勢に助けを求められた幕府追討軍との激しい戦いが始まることになる。

追討軍と、頼徳らと藤田小四郎らの那珂湊連合軍との戦いは、一進一退であった。

九月下旬に頼徳は配下の者と那珂湊を離れ、戦いたくないのにも関わらず戦に巻き込まれた経緯を幕府に訴え嘆願しようとし、追討軍に投降をした。

しかしながら、幕府への嘆願の機会などは一切与えられず、幕府追討軍総括田沼意尊により、その責任を追及され市川ら諸生党に引き渡されてしまう。そして、何と頼徳は、幕命により十月五日松平頼遵邸にて切腹をさせられてしまうのである。宍戸藩は改易されることになる。

徳川幕府が倒れた後の明治元年（一八六八年）、宍戸藩は新政府より宍戸藩の復旧を命ぜられ、父・頼位が再相続する。その後、家督を父・頼位から譲られた弟の頼安が明治十七年（一八八四年）子爵に叙される。

この戦いには高崎藩兵も幕府追討軍として出兵しており、先の下妻での失態を取り戻すべく戦いに加わっている。高崎勢は、反射炉に籠もった榊原新左衛門の千二百の軍勢を幕府軍と協力し降伏させている。そして、高崎藩では、そのうちの四百人を捕虜として高崎藩飛領地の銚子に受け入れている。

頼徳とその軍勢が抜けた筑波勢の藤田小四郎、山国兵部、田丸稲之衛門らは、その軍勢が大幅に減ったため、これ以上の追討軍との戦いは不利であると、現茨城県の北部大子《だいご》にて武田耕雲斎と今後についての話し合いを持った。

幕府追討軍と最後の決戦におよび、いさぎよく全滅しようとの案も出たが、散々に議論した後、西上し京へ向かい、天子さまの攘夷の勅に応え旗を上げたのだと、一橋慶喜公に対して心情を訴え、これを朝廷に取り次いでもらい、その生死を朝廷にゆだねることに決した。

烈公斉昭の子である一橋慶喜は、この年の三月に将軍後見職を離れ、禁裏守衛総督として京都にいる。武田耕雲斎らは、天皇の身近にいる慶喜を通して朝廷に、自分達の尊王攘夷の志を訴えることができればと考えたのである。

筑波勢は大子において軍を編成し、総大将武田耕雲斎として西上の軍を進める。一行九百二十五名は、四十万石の大名の格式で堂々と軍勢を進めたとある。

服装は、甲冑《い》を着けた者もいるが軽装の者もいた。武田耕雲斎らは、馬上にて甲冑に陣羽織という堂々とした出で立ちである。

総大将　武田耕雲斎
補佐　武田彦右衛門
大軍師　山国兵部
本陣　田丸稲之衛門
補翼　藤田小四郎

龍勇隊　隊長　竹内百太郎
虎勇隊　隊長　畑弥平
天勇隊　隊長　三橋金六
義勇隊　隊長　須藤敬之進
正武隊　隊長　朝倉弾正
奇兵隊　隊長　井田因幡
　　　　隊長　武田魁介（武田耕雲斎次男）

山国兵部は、かつて徳川斉昭に重んじられ水戸藩の軍制改革を主導し、幕府に海防策を建言した人物である。水戸藩随一の兵学者であり、その名は幕府や遠く他藩にまでも鳴り響いていた。

この山国兵部の采配により、以後筑波勢は諸藩との戦いを切り抜けていくことになる。藤田小四郎の筑波での旗揚げの際の領袖であった本陣の田丸稲之衛門は、山国兵部の実弟である。

藤田小四郎は、本陣の補翼とあるが、実質的には武田耕雲斎に次ぐ副将である。藤田小四郎と共に補翼となる竹内百太郎は、藤田東湖の直弟子であり、筑波旗上げの際からの中心人物の一人である。小四郎より十一歳年上となる。

藤田小四郎の筑波での蹶起の一隊は、当初波山勢とも筑波勢とも天狗党とも呼ばれていたが、水戸から西上の途についてからは、水戸浪士などと呼ばれている。本書では、以後は天狗党と呼ぶことにする。

なお、天狗党とは、もともとは藤田小四郎の率いる筑波勢をさしているのではなく、かつて徳川斉昭に名付けられた水戸藩中の尊王攘夷派のことである。斉昭が水戸の天狗とは高慢者のことではない、志高き奴ばらのことであると言っていたという。

しかし、これら尊王攘夷派の下級藩士が取り立てられ藩の要職につくと、保守門閥派との対立が徐々に深まっていく。保守門閥派の者達は、新たに登用された下級藩士らを「成り上がりの天狗になっている」と罵《ののし》った。尊王攘夷派から天狗党と呼ばれたことには、「下級武士の成り上がりのくせに」という侮蔑《ぶべつ》の意味が含まれているのである。

対する市川三左衛門に率いられた保守門閥派は、弘道館の諸生（書生）が多かったことから諸生党と云われている。この筑波での戦いは、水戸藩を大きく二分する保守門閥派と尊王攘夷派の凄惨な戦いのまだ始まりにしかすぎなかった。

五　天狗党西上す

十月二十三日（新暦では十一月二十二日となり、冬の到来は間近である）、天狗党一行は総勢九百二十五名、騎馬武者百五十人、歩兵七百余人、大砲十五門の砲兵隊、その他人夫などを引き連れ西上の途についた。鉄砲は主に火縄銃であったが、中にはゲベール銃もあったという。

多くの旗指物には、「報国」「尊王」「攘夷」の文字が鮮やかに大書されている。先頭には、武田耕雲斎により書かれた「自反而縮雖千萬人吾往矣」の旗がひるがえる。「自らを省みて、やましい所がなければ、千万人の敵があろうとも、我々は己の信ずる道を行くのみ」『孟子』からの一節である。武田耕雲斎の気概を知ることができる。

藤田小四郎は、「奉勅」の旗と共に、馬上堂々と鉄砲隊二十五名、鎗隊二十五名を従えている。他の諸隊の鉄砲隊の比率も同じ程度であり、筑波や那珂湊での幕府追討軍との多くの激戦を経験した天狗党は、戦いでの鉄砲の重要性を痛いほど経験していた。多くの鉄砲を幕府追討軍から奪うことにより、その数を備えることが可能となっていたのである。

一行は、大子《だいご》から佐貫口を通り下野への県境を越え、現在の栃木県に入る。

幕府追討軍が奥州、越後方面への城主、陣屋に対し送った天狗党浪士人相御触書《にんそうおふれがき》が残っている。追討軍は、当初天狗党の進路について見誤っていた。天狗党が大子から奥州、あるいは越後方面へ向かうのではないかと考えていたのである。

しかしながら西上目指す天狗党は、大子から山を越えて現在の栃木県に入り、黒羽、大田原、矢板、今市、鹿沼、葛生《くずう》、佐野、梁田《やなだ》（足利）と抜け南下し、十一月十一日に上州の太田宿に入る。

沿道の諸藩や旗本の陣屋は、歴戦の天狗党を恐れ、ろくに手を出そうとせず、早く天狗党が領内を通り過ぎることをひたすら願った。城下を通らないでほしいと金を包み、天狗党に間道を通ることを懇願する藩すらあったという。

唯一、黒羽藩一万八千石のみが天狗党と本格的な戦闘を行っている。

黒羽藩の藩主大関増裕《おおぜきますひろ》は、かつて幕府の講武所奉行、陸軍奉行などを歴任しており、外様でありながら取り立てられたことから徳川家への忠誠心はことのほか高かったとされる。黙って天狗党を通すわけにはいかなかったのである。二百人ほどの藩兵を繰り出してきた。

しかしながら歴戦の天狗党浪士らの敵ではなく、黒羽藩は戦死者二名と負傷者を多数だして兵を引くことになる。


武田耕雲斎が天狗党の総大将になってからは、耕雲斎は自分らの西上の意義を沿道の諸藩や宿場役人などに丁寧に説明し、諸藩との無駄な争いを避けながら歩を進めていた。

沿道の村人達は、かつて天狗党の強盗まがいの乱暴さを耳にしていたので、天狗党が近づくと当初は近くの山々に逃げ込む者も多かったが、武田耕雲斎のもと、規律正しい天狗党を見るに及び多くが安心したとある。


天狗党が野州《やしゅう》（栃木県）に入り、南下して西上を目指していることを幕府追討軍がつかんだ頃、高崎藩の本木祭之助《さいのすけ》は高崎城三の丸の遊芸館《ゆうげいかん》鎗剣《そうけん》講堂にいた。

「どうした祭之助、もう一本こい」

相手をしているのは、高崎藩の誰もが知っている藩内随一の小野派一刀流の使い手である内藤儀八である。鎌宝蔵院流の達人で「鎗《やり》の順次郎」と云われた大島順次郎も一緒である。

祭之助以外にも、小泉又三郎（十六歳）、関根榮三郎（十六歳）らがいる。二人は、若い藩士らに稽古をつけているのだ。

「祭之助、相手を威嚇《いかく》しようとして鎗を振り回すなど無駄な動きをするな。相手と腕の差があればあるほど実力の差をすぐに見破られる」

儀八は、そう言いながら鎗で突けるものなら突いてみろと、中段から上段へ構えを変えた。その威圧感に祭之助は思わず後ずさりをする。

「祭之助、臆してはならん。相手をじっと見つめ、踏み込んでこようものなら鎗先で牽制しろ。自分の間合いで戦え。突くときは捨て身の一撃でいけ、鎗で突こうと思うな、体全体で突くつもりで鎗を繰り出せ。五分の相手であれば鎗が有利だ」

横で見ている順次郎の声が道場内に響く。

「引くな祭之助、刀を相手に引けば勝負は負けぞ、相手が鎗をかいくぐってきたら、前に出て体当りをしろ。あとは先祖伝来の鎧兜がお前を守ってくれる。決して臆するな」

と、順次郎から次から次に声がでる。さすが、鎗の順次郎である。

およそ二時間の稽古を終え、若い三人は汗びっしょりである。しかし、さすがに儀八と順次郎は汗ひとつかいていない。

「明日からは、実戦を考えて真剣にて稽古をする。覚悟をしておけ。お前らも先祖伝来の鎗を持ってこい」

と、稽古の最後に儀八に言われ、三人は一瞬青ざめた。

「心配するな、ただの形稽古《かたげいこ》だ。だが、真剣での形稽古は肝がすわる。これをやるとやらないのでは、実戦で大きな差がでる」

順次郎が笑いながらそう言うと、三人はほっとした表情である。そして、稽古着から着替え、揃って三の丸の鎗剣講堂を後にした。

本木家の奉公人である松蔵は、この場に倅《せがれ》の小助を連れてきており、祭之助の稽古の終わるのを外で待っていた。松蔵は、帰りがけに内藤儀八と順次郎へ頭を下げ会釈した後、祭之助らの後に続き共に帰路につく。


「順次郎さん、どうですか、あの三人は」

帰る三人の後姿を見ながら儀八が順次郎に聞いた。

内藤儀八は二十歳、鎗の順次郎は二十九歳である。歳は離れていても、道場では二人とも良き稽古仲間である。

「できれば、まだ戦《いくさ》には出したくないところだな」

「しかし順次郎さん、三人とも稽古に力を入れています。腕も上がっていますよ。それに気合も十分です」

「三人とも五十石取の家に生まれているからな、特に祭之助は、養父を亡くしているから今や本木家のご当主様だ、次は必ず出陣するものだと思っている」

そう言いながらも、順次郎は幼い三人の今後を心配しているようである。

「那珂湊では、わが藩もだいぶ手柄を立てたそうではないですか。天狗騒動もそろそろ終わりではないでしょうか。できれば、このまま終わってもらいたいところですね」

先に述べたように、高崎勢は那珂湊の反射炉に籠もった榊原新左衛門の隊を幕府軍と協力して降伏させている。その知らせは、既に高崎藩士らの知るところである。

「しかし、奴らはまだ常陸《ひたち》（茨城県）の北部に籠もっているというではないか。桜田門で井伊大老の首を上げた水戸藩の連中だ、まだまだこれから何が起こるかわからん。いずれにしても、若い者達はまだ戦には出したくないものだ」

そう言いながら順次郎は稽古着を脱ぎ、着替えを始める。

「どうした儀八、脇の下が赤いぞ」

と、順次郎が稽古着から着替えている儀八を見て言った。

「実は、油断していたら祭之助に良いのを一つもらってしまいました。この右足のあざは、先日又三郎にもらったものです。最近は、さすがに三人を相手にするのは、ちょっとしんどくなってきましたわ。若いから疲れをしらん。急所をかわすのが精一杯でした。稽古だと思いつい気を抜くと入れられてしまいますよ」

と、儀八は青あざを撫でながら言った。

「小野派一刀流の内藤儀八先生に、まぐれとはいえ鎗を付けるとは、たいしたものだな」

と、順次郎は笑いながらそれを見て感心した。

「そこが素人の良いところです。型にはまっていないから始末に悪い。水戸の天狗どもを相手にしても、あやつら一歩も引かないと思いますよ」

儀八がそう言うのを聞きながら、順次郎は祭之助ら三人の歩いて帰る後ろ姿を見つめていた。

祭之助は、小泉又三郎、関根榮三郎らと共に、高崎城三の丸の武家屋敷の通りを防具を背負って歩いている。道の両側には、武家屋敷の土塀が続いている。

「父上から聞いたが、そろそろ次の出陣の命があるのではないかとのことだ」

又三郎が、歩きながら横の二人を見て言った。

「俺達は部屋住みだから出陣はまだ先かも知れんが、祭之介は、次は出陣だろうな」

関根榮三郎が祭之助の顔を見ながら、羨《うらや》ましそうに言う。

「ああ、腕がなる。こうやって毎日のように内藤様や順次郎さんに稽古をつけてもらっている。高崎藩の名、我が家《いえ》の名に恥じないよう見事に戦ってみせるつもりだ」

すると又三郎が、突然二人より一歩前に出て振り向いた。

「俺は、できれば三人揃って出陣がしたい。その時は、城代の宮部様に直談判するつもりだ」

と言いだした。又三郎は、ちょっと興奮をしているようである。

「そうだ、それがいい。三人一緒であれば、力も十分に出せる」

と、榮三郎が続く。

「ああ死ぬ時は、一緒がいい」

と、祭之助が冗談ながら言うと、

「誰かが討たれたら、必ず仇を取ってやる」

と又三郎は、鎗をしごく仕草をする。（槍を構えて前に出した手は動かさずに槍を前後に動かす仕草）

「ああ、そうとも」

と、榮三郎もふざけながら真似をする。

徳川二百五十年の太平の時代が長く続き、本当の戦を誰も知らない。まだ実際に出陣することも決まっていない若い侍達にとって、戦場で勇ましく戦っている自分の姿しか頭に浮かばないのが武士の家に生まれた性《さが》なのであろう。

まるで、どこかに旅でも行くかのように、楽しそうに話をしている三人の会話を後ろで聞いていた松蔵は、なんとも言えない気持ちとなった。百姓にとっては、戦は恐ろしいものでしかない。松蔵は、とにかく戦なぞ起こらないでくれと願うばかりである。

高崎藩大河内家三代輝高は、宝暦年間に藩校遊芸館を創設し、藩士の子弟の武芸稽古などについて重点を置いたとある。しかしながら度重なる災害により、天狗党騒動の当時は廃校状態であり鎗剣講堂のみが再建されていた。

この遊芸館は明治元年に再建され、新たに文武館と名付けられた。明治三年には、高崎に英学校も創設され、後に内村鑑三や尾崎行雄がそこで学んでいる。

内村鑑三の父親は、高崎藩士である。『上毛かるた』では「心の燈台内村鑑三」とあり、群馬県人では誰しもが知るところである。

内村鑑三は、十六歳の時札幌農学校に入学し、そこで出会ったキリスト教の教えに感銘を受け、アメリカに留学し神学を学んでいる。日露戦争の時に『非戦論』という戦争反対の意見を唱えていることでも知られている。

尾崎行雄は、一貫した政党政治の擁護者であり、大正元年（一九一二年）の第一次護憲運動の際、犬養毅と共にその先頭に立ち桂首相を追求し、「憲政の神様」と呼ばれた。明治四年（一八七一年）役人であった父に従い高崎に移った際、高崎の英学校にて学んでいる。

六　天狗党上州に入る

十一月十一日、天狗党一行は上州（現群馬県）の太田宿に入る。

太田に入るのは足利を経由しなければならず、足利の隣には佐野がある。下野国安蘇郡《あそぐん》小中村（現・栃木県佐野市小中町）に、後に足尾銅山鉱毒事件で民衆のために立ち上がる田中正造が天保十二年（一八四一年）に生まれている。天狗党の西上の際には既に二十歳を超えており、父から小中村の名主を引き継いでいた。

田中正造翁は、当時この天狗党の西上をどう見ていたのであろうか。興味はつきないが、残念ながら何ら資料を見つけることはできなかった。

一行は太田宿に入ると、金山《かなやま》の麓の金龍寺《きんりゅうじ》を本陣として二泊する。

およそ半年前、筑波勢の浪士の一部が太田までに軍資金の調達に現れ、大光院から五百両を脅し取っていた。そのことを知っていた耕雲斎は、辞を低くして大光院の住職に謝罪のための面会を求めたが、それは叶《かな》うことはなかった。

天狗党は大子にて武田耕雲斎を首領と仰ぎ、新たな部隊編成を行い、乱暴狼藉を働く者が出ることのないように厳しい隊規を以下のように定めている。

一、無辜《むこ》の住民をみだりに傷つけたり殺したりしてはいけない。
一、民家に立ち入って財産を略奪してはならない。
一、婦女子を犯したり、みだりに近づけてはならない。
一、田畑や作物を荒らしてはいけない。
一、将長の命令がないのに自分勝手な行動をおこしてはいけない。
右の禁制を犯した場合には、斬首の刑に処す。

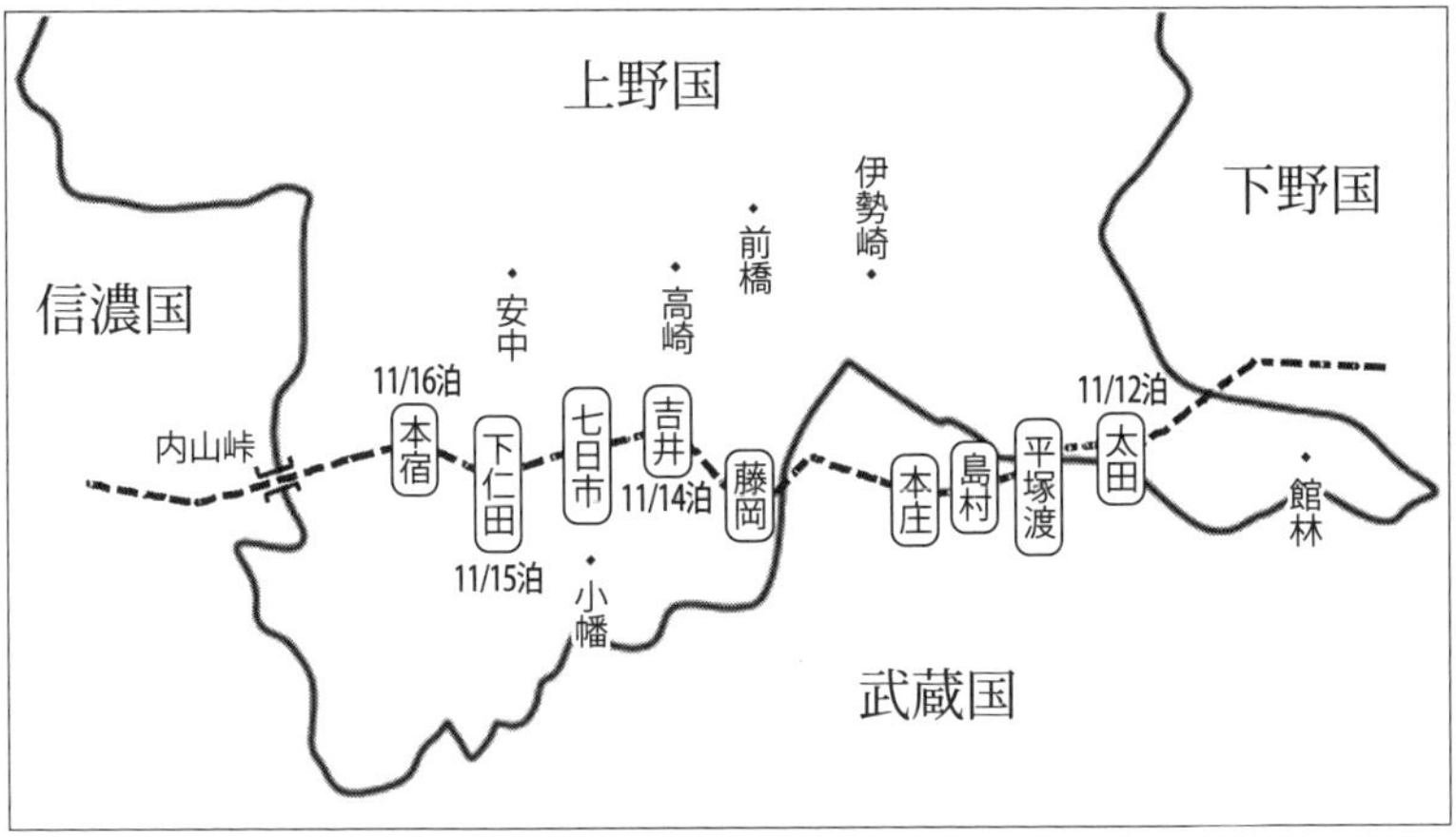

上州における天狗党の通行経路（著者作成）

というものである。

それを破った者には、藤田小四郎が容赦なく処分を下していくことになる。田中隊が、いかに天狗党に負のイメージをもたらせたことへの反省からである。

藤田小四郎らは、田中らの過激な主張・行動を受け入れることができず、追討軍との戦いが始まる前の五月、田中らを筑波勢から除名追放している。

田中らは天狗党から分離し別行動を取っていたが、そんな事情を知るよしもない幕府や世間の目から見れば同じ一つの天狗党である。

最終的に田中らは、棚倉の八溝山《やみぞさん》に篭もって再起を図ろうと企てたが、ついに進退が極まり隊を解散する。その後多くの隊員は追討軍に捕らわれて処刑されている。

田中愿蔵も、この十月月十六日に久慈川の河原で斬首される。享年二十一歳であった。

この田中愿蔵と、共に行動をした中に土田衡平《こうへい》がいる。

世人評して「筑波党中の人材は藤田を第一とし、つぎは土田衡平なるべし」と、云われていたという。

土田は、天保七年（一八三六年）出羽の矢島藩士の家に生まれている。

江戸で古賀茶渓《さけい》の門に入り、その学塾久敬舎《きゅうけいしゃ》にて学ぶ。同門の士に越後長岡藩の河井継之助がおり、

「衆に超出する者を河井継之助と土田衡平となす」

と、同門の人、ひとしく敬仰《けいぎょう》したという。

後の不世出の外務大臣と云われた陸奥宗光が、この久敬舎によく出入りをしていた。陸奥の舌鋒の鋭さには、名だたる久敬舎のほとんどの者がかなわなかったとある。しかしながら河井継之助は、あれは鳥のさえずりだと言って一度も相手にしなかった。

しかし土田は、陸奥がくるたびに相手をしたという。

「あの陸奥が、土田にかかるとまるで子供だった」

と、後年久敬舎にて河井継之助を師と仰いでいた鈴木無隠が語っている。

陽明学を必死に極めようとしていた継之助にとって、まだ若い陸奥のさえずりは、知行合一（陽明学の命題の一つ）と受け取れなかったのであろう。


太田大光院は、自らを新田源氏と名乗る徳川家康がその始祖新田義重を弔うため慶長十八年（一六一三年）に建立している。この源氏の名門の新田一族には、あの新田義貞がいる。

新田義貞は建武中興の立役者の一人である。その生涯は後醍醐《ごだいご》天皇のもと、南朝の総大将として一

心に忠節を尽くし続けたものであった。『太平記』などで、その活躍ぶりは描かれている。あの藤田東湖をして「徳川の勤王には、すなわち新田氏あり」と言わせているのである。

耕雲斎は、大光院のすぐ北にある金龍寺に本営を置き、そこには小四郎らが列公の神位と共に宿泊し、耕雲斎は宿場本陣に泊まったと「御本陣宿割」に記録されている。

金龍寺は、もともとは新田義貞公ゆかりの禅林《ぜんりん》であり、義貞公が元亨元年（一三二一年）に国家動乱の鎮護の念から開いたと云われている精神作興《せいしんさっこう》の道場である。

その後の応永五年（一三九八年）になるが、越前で討死した義貞公の菩提を弔うため、新田岩松系の岩松満純《みつずみ》が諸堂を建立して開基している。その寺名は新田義貞の法名「金龍寺殿眞山良悟大禅定門」にちなんだものである。

秀吉の小田原征伐の後、最後の金山城主横瀬氏が常陸国牛久に移されたことで金龍寺は一時ひどく荒廃してしまったが、新たに館林城主となった榊原康政がそれを知り、田畑八町余りを寄進し寺を再興している。

その金龍寺には、寛永十四年（一六三七年）の新田義貞三百回忌法要に際し造立された新田義貞公供養塔が、今もひっそりと当時のまま裏手にある。

その供養塔の前に立った小四郎らは、どれだけ感動したことであろうか。小四郎らは、おそらく一晩中眠れず、酒を片手に新田義貞公の勤王の義挙を自分達と重ね合わせて語り明かしていたのではないだろうか。

太田金龍寺

太田金龍寺　新田義貞公供養塔

天狗党が太田に二泊したのには理由がある。
新田義貞の末裔である岩松満次郎（俊純）を攘夷の盟主として、上州との周辺で尊王攘夷派の決起を促していたのである。

小四郎らは、満次郎が攘夷に立ち上がれば、かつて新田義貞が「建武の新政」で鎌倉幕府を倒し天皇親政を確立したように、上州、信州、武州、さらには新田氏との関係が深い越後などからも、多くの尊攘派の同志が立ち上がると考えていたのである。

これについては、かつて桃井可堂《ももいかどう》も同様なことを明言していたという。尊攘派は、それほど攘夷の熱が国内に盛り上がっていると感じていたのだった。

小四郎らは太田に入ると、以前から意を通じていた上州の大館謙三郎《けんざぶろう》、金井五郎（之恭《しきょう》）、黒田桃《とう》民《みん》らと満次郎に決起を迫ったが、満次郎はそれを強く拒み立ち上がることはなく、挙句の果てには江戸への逃亡を考えた。小四郎らの、その目論見《もくろみ》は成功しなかったのである。

小四郎らは、満次郎が立ち上がらずとも、太田周辺は高山彦九郎などの影響から国学が盛んであり、天狗党と何らかのつながりのある者も多く、新たに天狗党に多くの草莽の志士が参加をすることも期待していた。

太田からさほど遠くない現在の深谷市の血洗島は、かつて高崎城乗っ取りを企てた渋沢栄一の出身地である。（筑波挙兵時には、既に渋沢栄一は、従兄弟の渋沢喜作と共に一橋家の家臣となっている）

大発勢として一時期筑波勢に合流していた真田範之助《はんのすけ》は、渋沢栄一らの高崎城乗っ取り計画にも加わっており、栄一らとの交流は深かった。

その真田から、武州や上州の尊攘派の草莽の熱き思いを散々聞かされていた小四郎は、太田での新たな同志の参加に大きな期待をしていたのだった。しかし、残念ながらそれについても期待はかなわなかった。


高山彦九郎は、上野国新田郡細谷村（現群馬県太田市）の郷士の二男として寛政五年（一七九三年）に生まれている。

その先祖は、新田義貞に仕えた新田十六騎の一人である高山重栄《しげひで》である。彦九郎は勤皇の志を持ち各地で勤皇論を説いて回り、藤田東湖の父親の藤田幽谷《ゆうこく》など多くの人達と交友した。京では光格《こうかく》天皇にも拝謁《はいえつ》している。吉田松陰など多くの尊王攘夷派の志士に影響を与えた人物である。

桃井可堂は、現深谷市北阿賀野に生まれ、若くして江戸遊学し東條一堂に学び、その門下の三傑と称された。そこでは勝海舟や藤田東湖らと交流を持ち、水戸藩や長州藩からの影響を大きく受けた。その後縁あって備中庭瀬《にわせ》藩板倉勝資《かつすけ》に仕えている。その後、帰郷して深谷の中瀬《なかぜ》村にて学問を教えながら尊王攘夷の挙兵を渋沢栄一らと計画していた。しかしながら、その計画は仲間の裏切りにより失敗に終わる。可堂は川越藩に自首し、そこで絶食して命を落とすことになる。

天狗党は太田で二泊した後、例幣使《れいへいし》街道を一路西へ向かう。

その道中、馬上の藤田小四郎に龍勇隊の小林幸八が近づきながら声を掛けた。

小林は、水府流《すいふりゅう》剣術を極め藩校弘道館の剣術師範を務めていた。安政六年（一八五九年）の幕末最初の外国人殺害事件となる横浜居留地でのロシア兵暗殺事件に参加をしている。水戸藩では誰もが知るところの剣客である。

「あの岩松満次郎は、我々と会ってもくれなかったな」

幸八と小四郎は同世代であり、小林幸八が三歳年長である。

「あの南朝の忠臣新田義貞公の血を引いているとは、とても思えませんな。あの桃井可堂先生が幕府に自首したのも、満次郎が奉行所に自訴したからというではないですか、小心者の損得勘定で動く輩《やから》でしょう」

小四郎は、少しうんざりした顔で言った。

「まあ、幕府の禄をもらっているからしかたあるまい」

幸八も、誠意のない岩松満次郎の対応には、まったくあきれている。

後に岩松満次郎は、交代寄合旗本（参勤交代を許可された旗本）であるにも関わらず、鳥羽伏見の合戦で幕軍が敗走すると、幕府追討軍が江戸に向かう際、いち早く新田官軍を組織し官軍方に寝返えることになる。

「尊王攘夷の志が厚いお国柄《くにがら》であるにも関わらず、ここでは誰一人として我々の旗上げに参加をする者がいない。あの田中（愿蔵）らが、上州を散々荒らしまわったつけがきているのかも知れんな」

小林幸八は、吐き捨てるように田中愿蔵の名を口にした。

「幸八さん、人を当てにせず、我々は己の信ずる道を行くのみですよ」

そう言いながら、小四郎はこれから向かう西の上州の山々に目をやった。その心は、はるか遠くの京にいる一橋慶喜公に思いをよせている。

季節は今の暦《こよみ》ではもう十二月である。冬空の下、上州の山々は青く、冷たく澄んだ上州の空気が頬にあたる。

一行は太田宿から例幣使街道沿を通り木崎宿に入る。幸いながら、その岩松満次郎の屋敷の近くを通ることはなかった。

木崎宿を抜けると、偵察に出していた者達からの連絡があったらしく、先頭を歩く部隊から小四郎らのもとへ報告がきた。

「小四郎様、金井五郎らが太田宿で言っておったとおり、この先の世良田《せらだ》東照宮と境宿には伊勢崎藩の兵が繰り出してきているようです」

「人数はどのくらいかわかるか」

小四郎の横にいる小林幸八が聞いた。

「遠くから見たところですが、合わせて三百ほどのようです」

「多いな、伊勢崎藩は、わずか二万石だろう」

小四郎は、ちょっと意外そうな顔をした。

「おそらく、農兵や周辺の旗本領からも応援がきているのであろう」

小林幸八が、西の境宿の方角に目をやりながら言った。

「とにかく耕雲斎様と相談せねばな、幸八さん」

小四郎と小林幸八は、急ぎ馬を後方の耕雲斎のもとへ走らせる。


耕雲斎のもとに二人が着くと、新たな情報が偵察部隊から入ってきていた。この先の例幣使街道沿いには、前橋藩が駒形宿、高崎藩が玉村宿まで兵を繰り出してきているという。

「ここまで戦をせずにきたが、ついに一戦か」

と、天狗党幹部の面々に緊張が走る。

耕雲斎は、馬を停め床几に座り、山国兵部、田丸稲之衛門らと地図を前にしている。

「おそらく、このまま例幣使街道から中山道を抜けるのは無理があろう。伊勢崎藩、前橋藩、高崎藩、安中藩などを相手にしなければなるまい」

山国兵部が、上州の地図に扇子を当てながら現状を説明する。そして続ける。

「特に高崎藩は、既に水戸方面へ出兵している。主力はまだ水戸方面にいると思うが侮れないだろう。我らを黙って通すとはとても思えん」

耕雲斎は、頷《うなず》きながら山国兵部の説明を聞いている。

「例え境宿の伊勢崎藩を蹴散らかしたとしても、我々は例幣使街道を先へ進めまい。ここは金井らが太田宿で言っていたように、まずは利根川を渡り本庄宿をめざすしかあるまい……」

山国兵部はしばらく思案をした後、皆の意見を求めた。

「兵部、それで良いと思う。本庄宿から中山道を通り、高崎藩の出方次第では姫街道（下仁田街道）を抜ける。高崎藩領を通らなければ、高崎藩との戦いも避けられるかも知れん。状況によっては、甲州方面へ抜けることも考えても良い」

耕雲斎は、扇子で地図を示しながら、小四郎や他の幹部達の皆に言った。小四郎らも特に異存はないようだ。

耕雲斎は、特に反対意見もないことから、まずは利根川を越えて本庄宿を目指すことにした。

「兵部、この先の探索、怠ることのないようにな。特に高崎藩の動きについては、くれぐれも警戒をしなければなるまい」

と、耕雲斎は山国兵部に指示をした。

「はっ」

山国兵部は、配下の者をすぐに何人か呼びつけ、各方面への偵察に走らせた。

天狗党には、百姓や町人が多くいる。このことが偵察には幸いしている。自然と百姓町人の中にとけ込むことができ、その噂話までも早く知ることができるのだ。

また金井五郎らのように、天狗党への協力者もまだまだ上州や武州には数多くいる。

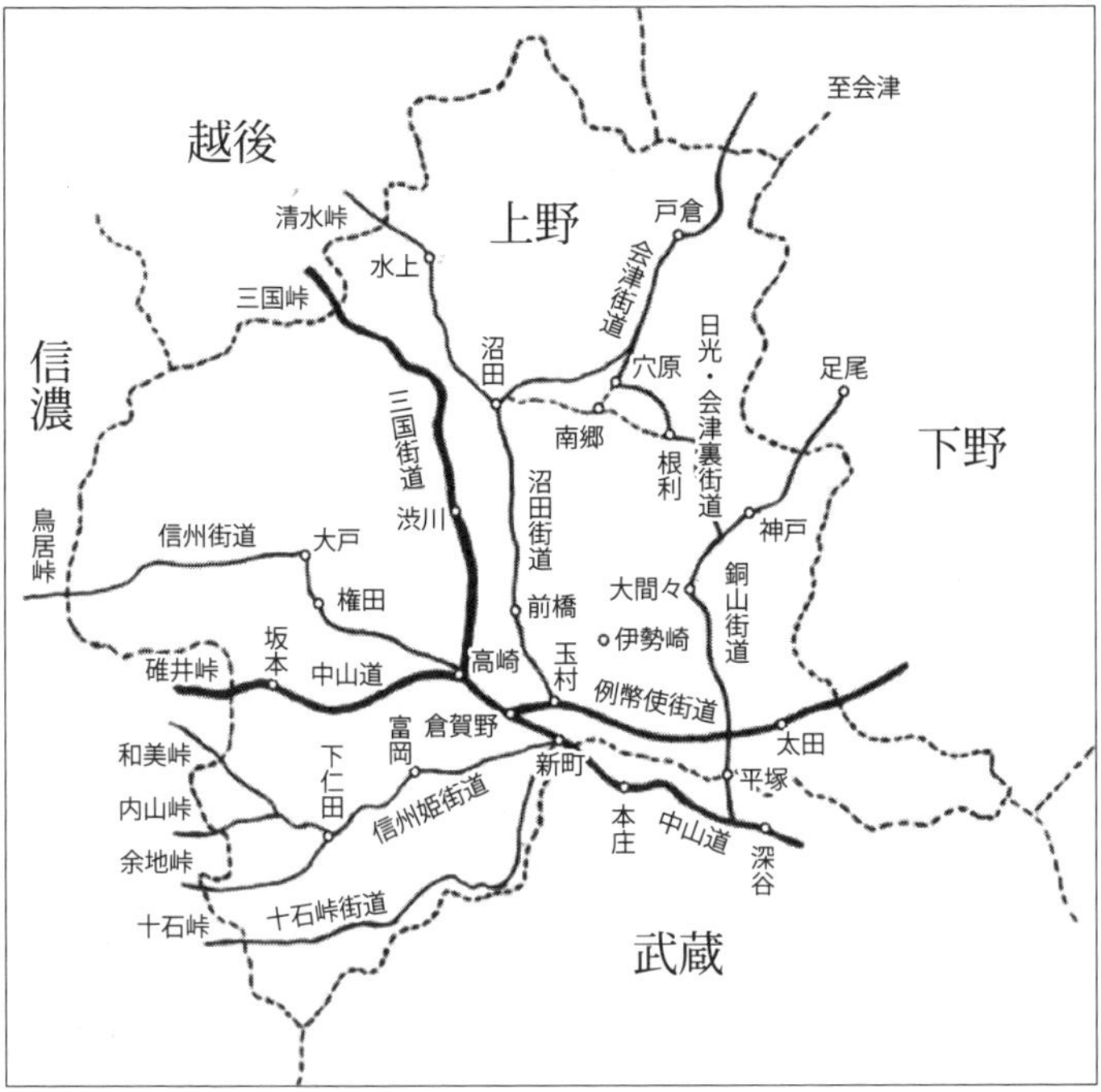

上州の街道図（著者作成）

若年寄田沼意尊は、十一月十二日・十三日付けで西上途上にある以下の諸藩へ追討命令を発状している。もちろん、幕府から追悼命令を受ける前から、上州の諸藩は天狗党の来襲について準備を始めていた。そのため、伊勢崎藩、前橋藩、高崎藩などは、天狗党が太田を発った十三日には、例幣使街道の要地をすぐに押さえることができたのである。

前橋藩	十七万石
高崎藩	八万石
館林藩	六万石
安中藩	三万石
伊勢崎藩	二万石
七日市藩	一万石
小幡藩	二万石
吉井藩	一万石

ここに上げられた上野国の諸藩の中では、高崎藩のみが、天狗党との下妻、那珂湊へ追討軍を送っている。従って、それ以外の藩については、天狗党との合戦について、皆及び腰であった。幕府の命であることから、その重い腰をしぶしぶ上げざるをえなかったのである。

前橋藩は、当時利根川の水害により本丸までが被害を受け、本拠地を飛び地であった武蔵川越城に移転しており川越藩と呼ばれていた。飛び地となった前橋には暫くのあいだ陣屋が置かれており、前橋城の改修を行い前橋に戻ってくるのは、この天狗党の乱の三年後のことである。本書では、いらぬ混乱を防ぐために以後は前橋藩とする。

伊勢崎藩二万石の陣屋では、天狗党が太田に宿泊しているという情報を知らされていたが、当初は積極的に天狗党の追討に動こうとはしなかった。

先の天狗党の上州での資金調達の際、その強盗まがいの取り立ての被害にあった連取村《つなとり》の森村登喜太は、伊勢崎藩陣屋に足を運び出兵を促したが、伊勢崎藩兵糧《ひょうろう》奉行兼小荷田《こにだ》奉行の関恕助《じょすけ》は、

「浪士といえども以前は水戸藩士であったのだから、もし伊勢崎に宿泊をとのことになれば、それ相応の応接を考えている」

とのことであった。

天狗党のその志に共感しているのか、天狗党の大軍勢に臆したのかわからないが、伊勢崎藩上層部

世良田東照宮

では、このまま天狗党を穏便にやりすごそうとの空気が強かったのである。

森村登喜太は、先の天狗党の上州での資金調達の際、五千両もの大金を浪士らに刀を振り回され恐喝され、また人質を取られて鉄扇で叩かれるなど強盗まがいの散々な卑劣な目にあったことなどを何度も強く訴え、ようやく伊勢崎藩は、その重い腰を上げることになる。

伊勢崎藩は出陣に際し、隣接する連取村の旗本駒井家にも協力を依頼し、その農兵五十五人を含み、総勢三百人ほどを境宿と幕府から警備を命じられている世良田東照宮に向かわせた。

世良田東照宮は、徳川氏発祥の地と云われており、天狗党の参拝することが考えられたためである。世良田東照宮は境宿からは目と鼻の先であり、現在の距離にして約一キロ程度の距離の所にある。

境宿では、天狗党の軍勢が接近し、伊勢崎藩兵が繰り出してきたことから、宿場が戦場になると、一家総出で家財道具を運びだすなど、境宿全体が「火事ノ時ノ如シ」であったという。

境宿の後方の例幣使街道には前橋藩が出兵してきており、利根川を渡る五料《ごりょう》の関所を固めている。また例幣使街道から前橋藩領に向かう駒形宿にも、およそ三百人の藩兵を前橋藩は繰り出してきている。

さらにその上、幕府追討軍は前橋藩に命じ、越生《おごせ》、寄居（埼玉県）や八王子にも出兵させ、天狗党を江戸方面にも近づけさせないようにしていた。

そして高崎藩の先鋒は、例幣使街道沿いの玉村宿まで出兵してきている。天狗党が考えていた例幣使街道は、伊勢崎藩、前橋藩、高崎藩によって完全に封鎖されてしまっていたのである。

耕雲斎は、先遣隊の竹内百太郎に、境町宿に陣を張る伊勢崎藩兵との交渉をさせた。

通せ通さぬの交渉であるが、天狗党は金井五郎らの意見を聞き、例幣使街道をそのまま進まず中江田村（現新田町）から左に折れ、世良田村を通り利根川の平塚の河岸から本庄宿へ向かうことを既に決めていた。竹内らの交渉は、そのための時間稼ぎであった。

天狗党と伊勢崎藩との交渉については、伊勢崎藩の兵糧炊き出しを命じられた者が見ており、その見聞記が残されている。

伊勢崎藩の長屋保次郎を大将とした二百余名の兵が境宿にきて、宿場の東の諏訪神社に陣を張り大砲数門を据えた。そして伊勢崎藩は、世良田東照宮にも北爪金三郎が指揮する警備の兵を送り天狗党の浪士に備えたとある。

やがて浪士二人が駕籠で境宿にやってくると、伊勢崎藩の足軽達は申すに及ばず、上士の者まで皆姿を隠したとある。そして、伊勢崎藩徒士目付の青山右門が駕籠を止めると、駕籠から出てきた侍が、

「武士は相見互いでござる。何卒宜しくお願いいたします」

と言い、

「いや手向かいをいたすとか、追討をなさんというような儀ではござらぬ、わが主君の領地のご通行を差し止めるものでござる」

と、天狗党と伊勢崎藩とのやり取りがあったという。

そしてその後、お互いに地図を開き、何やら話をした後に浪士らは引き返したとある。おそらく、平塚から本庄宿までの道筋に関しての話でもしていたのであろう。

竹内らが伊勢崎藩との形ばかりの交渉をしていたその隙に、天狗党本隊は例幣使街道から左に折れ、一気に利根川の河岸の平塚村に着く。そして平塚村にて昼食を取る。

しかし、利根川を渡ろうにも平塚の河岸には船は一艘もなかった。関東取締出役《かんとうとりしまりでやく》の命により、船は全て対岸に係留されてしまっていたのである。

浪士らは、村役人に中瀬村から早く船を調達しろと命令し、また若い二人の浪士が馬で利根川を渡

り対岸の船頭を脅し、力づくで十艘の船を手に入れる。

そして、その後一晩かけて利根川を渡ることになる。およそ千名の天狗党が全員利根川渡り終えるには、午後の四時から翌日の午前三時頃までかかったとある。

その軍勢を渡すための船の調達には天狗党も相当に苦労したようで、ついには近くにある農家を取り壊し、その材木でいかだを組んだとの話が伝えられている。

そして、天狗党は利根川を渡り現在の深谷市北部の中瀬《なかぜ》村に入る。現在も一足先に利根川を渡り終えた武田耕雲斎が陣をはり、薪を燃やして暖をとっていた不動堂が、当時と全く同じ姿で残されている。

この中瀬村は、明治時代に鉄道の高崎線が開通するまで、利根川の船運の河岸場として大変に栄えた村である。残念ながら、現在はその面影をまったく見ることはできない。ただの寂れた農村となっている。

中瀬村は、広瀬川が利根川に合流した下流に位置しており、中瀬の河岸から利根川の水量が豊富となり、上流の倉賀野などから小型の船で送られてきた物資を百石船・二百石船などの大型船に積み替えて江戸まで運ぶ拠点となっていた。

昭和五十四年、中瀬村の名主役をつとめていた斎藤家の家屋敷が不動産業者に売却された際、その整地作業中に小判四百八十九枚が発見されている。そのことは、当時新聞やテレビのニュースにて、大きな話題となったので記憶にある方もいるかと思う。

平塚の渡し　天狗党が利根川を渡り始めた北側から撮影

中瀬村　不動堂

天狗党が例幣使街道を南に折れ、平塚の渡しに向かってきたことを知った岡部藩は大いに緊張した。おそらく天狗党が中瀬から岡部藩領を通り、中山道を目指すものと考えたのだ。

岡部藩は、利根川対岸から天狗党の動向を見ていた藩兵を、天狗党との衝突を避けるために横瀬新田まで下げさせた。一説にはその兵数は農兵を含め二百名とある。

中山道沿いの岡部には、中山道に面して安部氏二万石の陣屋があった。現在の岡部駅の北側にある場所である。大きさは、東西二百三十六メートル、南北二百四十七メートルであったという。周囲は土塁と空堀を巡らせていたと云われているが、残念ながら今は跡形もない。

岡部藩陣屋の二階建ての長屋門は、つい最近まで近くの寺に移設されていたが、二〇二〇年頃に取り壊されてしまった。近くの住人に聞いてみたところ、行政からの補助もなく建物を維持できなかったようである。立派な長屋門であったので、まことに残念である。現在はインターネットにて、その写真が確認できるのが唯一の救いである。尚、幸いながら、あの渋沢栄一が通ったことであろう岡部陣屋の通用門は、今も深谷市内に残されている。

岡部藩は、幕末、あの有名な砲術家の高島秋帆《しゅうはん》を幽閉しており、現在その碑が陣屋跡にある。幽閉といっても、岡部藩では客分扱いとし、藩士に兵学を指導していたと伝えられている。また諸藩もひそかに幽閉中の秋帆に接触し、洋式兵学の教授を受けていたとある。

利根川を渡り不動堂に小四郎らが着くと、利根川の自然堤防の小高い所から岡部藩兵のいる中瀬新田の方角を見つめている一人の浪士がいた。その顔が薪を燃やしている火に照らされ、うっすらと映った。

「柿沢さん、どうですか、岡部藩は仕掛けてきますかね」

小四郎が近づきながら、その浪士に声を掛ける。

「おそらく仕掛けては来まい。たかが二万石だ。兵は多く見えるが、百姓らがだいぶ混ざっているはずだ」

「柿沢さん、我々はこのまま西に進み中山道へ入り、本庄宿で一息つく予定です。出発までに戻ってくれれば問題ないですよ」

小四郎は、柿沢が岡部藩士だった頃に出会っている。

「いや、この月を妻や子供が共に見ているかと思えばそれで十分だ。別れは筑波に行くときに既に済ませてある。拙者だけが家族に会うわけにはいかん」

そう口にしながらも柿沢は、岡部藩が陣を構える中瀬新田のはるか後方の岡部陣屋のあるあたりをじっと見ている。そこには、いくつかの灯りが小さく見えていた。

小四郎は、小林幸八に「一人にしておいてやろう」と促され、不動堂へ暖を取りに戻った。

天狗党には岡部藩を脱藩した柿沢庄助が参加をしている。この柿沢が岡部藩と天狗党との交渉に参加したという記録は見られない。おそらく藩に迷惑をかけたくはなかったのであろう。天狗党が敦賀で降伏後処刑された際、柿沢が家人に類が及ぶのを恐れ、偽名の渡辺直次郎を最後まで名乗っていたことからも、そのことは想像ができる。

この柿沢が、中瀬の河岸を渡り故郷を目の前にした時、何を思ったのかは知るよしもない。しかし、これが故郷の見納めであろうとの覚悟を持ったことは確かであろう。


耕雲斎は、戦いを避けるために岡部藩に西上の趣旨を伝える書を送ったが、岡部藩は強い態度に出て領内の通行を拒否してきた。

中瀬新田は、不動堂とは目と鼻の先である。今の距離で五百メートル程度しか離れていない。しかし、その後、岡部藩は後方の血洗島までさらに兵を引く。天狗党から、およそ一キロ以上は離れた距離である。

それを見た耕雲斎らは、ひと安心し、岡部藩領を通らぬように中瀬から西に向かい、現在の境島村を通り中山道へ入った。

岡部藩の当時の記録では、大砲や鉄砲を撃ちかけ天狗党を追撃したとある。相手は、およそ千人の天狗党である。どこまで本気で追撃したのかは容易に想像ができよう。

しかしながら岡部藩の記録では、天狗党本隊からはぐれた浪士三人を捕らえたことが残されている。幕府への義理立てとしては十分すぎる成果であったであろう。

天狗党の一行は、中瀬村から、現在の世界遺産田島弥平宅がある島村（現境島村）を抜ける。島村は、先の金井五郎が生まれ育った土地である。

現境島村の古老が伝え聞いた話では、天狗党が通過した際、皆天狗党を恐れ家の中に閉じ籠もり、ひたすら天狗党が去るのをじっと耐えていたとある。

近くで岡部藩からの砲声も聞こえたであろう、しかも深夜の出来事である。その恐怖は十分に想像ができよう。

尚、当時の島村は、前島《まえっちま》と云われた村の中心部が利根川に囲まれた中州にあった。この前島は、明治四十三年の洪水により流されてしまい。その後、前島に住んでいた住人達は、利根川の北と南に分かれることになる。現在の島村は、利根川の北側に西島前《にしじまえ》河原《がわら》地区、北向《きたむかい》地区、そして南側には、新《しん》地《ち》地区、新野新田《しんのしんでん》地区、立作《りゅうさく》地区とに分かれている。

天狗党の一行は、その前島には入ることなく、利根川べりの自然堤防の上の街道を通り、旗本領の小和瀬《こわぜ》、牧西《もくさい》と通り抜け中山道から本庄宿に入った。本庄宿は、武蔵の国の最後の宿場であり、当時は中山道最大規模の宿場である。

本庄宿では、天狗党が来たとのことで上を下への大騒ぎとなり、明け方に本庄宿に着いた天狗党一行は、先を急ぐために宿場で十分な休息もできずに出立を余儀なくされた。朝食もろくに取れなかった者も多かったとある。

本庄宿を抜けたところに、幼子を二人を抱えた女が街道脇に立っていた。

柿沢は、それに気づいたらしく、すぐに視線をそらせた。そこへ小四郎が馬を近づけ、

「柿沢さん、さあ」

と、背中を押す。

昨晩、小四郎が使いの者を柿沢の妻の所へ走らせていたのだ。

「いや、拙者だけこのような……」

「柿沢さん、水戸の者は皆、家族が牢に入れられてしまっている。会おうと思えば会える家族に何故会わない。それにお偉いさんの小四郎の命令だよ、これは」

小林幸八が、皆の手前遠慮している柿沢に馬を寄せながら言った。周りにいる浪士達の目も、早く妻子の所へ行ってやれと言っている。

「す、すまん、恩に着る」

目にうっすらと涙を浮かべ、柿沢は妻子の方へ向けて馬を走らせた。

この時、柿沢を見た妻子が、「猩々緋《しょうじょうひ》の陣羽織を着用して隊長格に振舞っていた」と、驚愕したことが伝えられている。別れ際に柿沢は、後の子供らの養育のため二十五両を妻に手渡したという。


本庄宿を西に抜けしばらくすると、中山道沿いに陽雲寺《ようウんじ》がある。

武田信玄の弟信実の息子信俊が、徳川家康に召し出され金窪《かなくぼ》（現埼玉県上里町）に一千六百石を賜り、後に武田信玄夫人を招いている。

信玄夫人は、廃墟となっていた崇栄寺に庵を営み、元和四年（一六一八年）に九十七歳の生涯を閉じる。信俊は養母の菩提を弔うため、その法号である陽雲院からそこへ陽雲寺を建立するのである。

武田耕雲斎の本名は跡部であるが、先祖が仕えた武田信玄にあやかり武田姓を名乗っている。天狗党が中山道を西に新町河原に向かうに際し、耕雲斎はこの陽雲寺にて、今後の進むべき経路を幹部らと思案するために早めの小休止を持った。

話はそれるが、この陽雲寺では、明治十二年四月、地元や群馬の剣客を集めた上武合体剣道大会が開かれたと記録にある。昭和の剣豪高野佐三郎が、山岡鉄舟のもとで修行をするきっかけとなったという元安中藩の岡田定五郎との試合があった剣道大会である。

天狗党が中山道に入り西を目指していた頃、幕府追討軍総督の田沼意尊は、命が惜しいのかはるか後方にいた。天狗党の浪士らの襲撃を避けるため、その詳しい場所は常に秘密とされていた。田沼らが上州入りするのは、なんと天狗党が信州に去ってからであるという。田沼は、自らは何もしようとはせず、諸藩に命令を出し、その成果を搾取《さくしゅ》するだけの総督であったのだ。

高崎藩が天狗党上州に入るとの知らせを受けた時、高崎藩の主力は、老臣長坂忠恕に率いられ幕府追討軍に加わっており、水戸や那珂湊方面を転戦中であった。

高崎藩城代宮部兵右衛門は、下は元服間もない十代から、上は既に隠居の部類に入っている五十代、そしてさらには部屋住みの者までを総動員し、何とか藩兵六百をかき集めた。そしてこれらを四つの部隊に分け、一隊を高崎城の備えとし、残りの三隊にて天狗党の討伐軍を編成した。

第一番手：小頭武者　会田孫之進以下　百九人
第二番手：小頭武者　浅井隼馬以下　九十二人
第三番手：小頭武者　深井八之丞以下　百三十二人（農兵六十名を含む）

高崎藩の軍制では、番頭《ばんがしら》の職（家老の次席格）である者が、小頭武者として一隊を率いることになる。小頭武者の下には、者頭《ものがしら》（先手の大将、足軽の指揮官）、徒士頭《かちがしら》（徒士の指揮官）、目付、使番、大砲差手方などが部隊の幹部としており、使番は隊の副官として隊の応接処務をつかさどり伝令斥候等も行う。これらの配下に、働武者《どうむしゃ》、大砲方、徒士、足軽、農兵などが実戦部隊として含まれ一隊を形成している。

働武者は、古くは騎乗を許されていた上層武士であり、御目見得《おめみえ》（藩主に直接拝謁）である。高崎藩の軍役では五十石以上の侍が一騎の軍役を負っていたのである。各隊とも二十五名の働武者が割り振られている。

以下、各部隊の構成を示す。

第一番手
小頭武者（隊長）　会田孫之進
使番（副官）　堤金之丞
者頭　関八之進

目付兼徒士頭　神田市左衛門
働武者二十五人
大砲方十二人
徒士目付、徒士小頭、下に徒士十八名（甲士徒士〈先手足軽五人の頭〉四人含む）
足軽目付、足軽小頭、下に先手足軽二十名、
別手廻《わけてまわり》十二人（別手廻手付六人、別手廻手先三人を含む）

別手廻とは、現在の警察のようなもので、平時には盗賊の追捕方としてあった。鎗の順次郎こと大島順次郎は、この別手廻である。別手廻は、鎗持ちが認められている士分である。

第二番手

小頭武者（隊長）　浅井隼馬
使番兼徒士頭（副官）　浅井新六
者頭　深井藤弥
目付　柴山角兵衛
働武者二十五人
大砲方十二人
徒士目付、徒士小頭　下に徒士十九名（甲士徒士四人を含む）
足軽目付、足軽小頭　下に先手足軽十九人

第三番手

小頭武者（隊長）　深井八之丞
目付兼使番（副官）　遊佐六郎右衛門
者頭兼徒士頭　中沢岡右衛門
働武者二十五人
徒士目付、徒士小頭　下に徒士十人
足軽目付、足軽小頭　下に先手足軽二十人
農兵頭、農兵指南役（四人）の下に農兵六十人

各部隊には、その他に兵糧方、探索方、医師、飛脚足軽などがいた。

また、例えば小頭武者ら幹部には、若党、鎗持ち、馬口取などの従者が付き従っており、働武者などの士分の侍は鎗持ち従者を従える。『下仁田戦争記』の復刻本では、第一番手の行軍の絵図を詳しく見ることができる。

鎗持ち、人夫などは、非戦闘員であり実際の戦闘には参加はしないので、先の各隊の人数には含まれていない。

高崎藩にしてみれば、天狗党とは既に下妻や那珂湊で合戦をしており交戦状態である。しかも、下

妻の夜襲では大恥をかかされているのである。天狗党を素通りさせるつもりは全くなかった。

特に城代宮部兵右衛門は、下妻での不手際の際、武者奉行田中正精を皆の前で散々に糾弾した手前もある。意地でも高崎に残された藩兵で相手をするつもりである。

高崎藩兵の軍装は、軽装の那珂湊と異なり、最初から白兵戦を覚悟して甲冑を身に付けさせている。戦わないという選択肢は、高崎藩にはなかったのである。


内藤儀八や大島順次郎は、高崎藩が水戸方面に出兵した当時から、藩の命令で農兵指南役と共に残された藩兵や農兵の訓練をしている。この農兵隊は、後に高崎藩の第三番手に属することになる。

順次郎は、その農兵の訓練の場で知っている顔を見た。小助である。祭之介の家の奉公人松蔵の倅《せがれ》である。

一通りの訓練が終わった後、順次郎は小助に声を掛けた。

「おまえは祭之介の所の奉公人の倅《せがれ》だったよな」

「へい」

と、小助は、おどおどと返事をした。無理もない、侍のしかも上士であり、あの鎗の順次郎に突然声を掛けられたのである。

小助から聞くところによると、農兵隊の募集を知った父の松蔵から、若様（祭之助）の何かの役に立てればと農兵隊入りを強く勧められたという。小助は躊躇《ちゅうちょ》したが、幼い時に先代の金治（祭之助の養父）にかわいがられたこともあり、それを断ることができなかったという。

順次郎は、松蔵が鎗持ちとして祭之助に従うことを祭之助から聞いて知っていた。

「まあ、俺の目の黒いうちは、おまえのおとっつぁんとお前は俺が守ってやる。安心しろ」

と、笑いながら順次郎は言って、その日はその場を去った。

後日、順次郎は松蔵に会った際、このことを聞いてみたところ、小助がどうしても農兵隊に入りたいと言って聞かないので渋々認めたと聞かされた。松蔵と小助の話は食い違っているが、順次郎は、おそらく松蔵が強く勧めたのだろうと察した。

そして、しばし思案した。

「松蔵、この鎗を小助に渡してくれ、藩からの支給される鎗はなまくらだ、少しは役に立とう」

「それでは、大島様が……」

と言う松蔵を遮るように、

「心配するな、これは俺の稽古用だ。出陣するときは、俺は先祖伝来の鎗を持っていく。もう何年も蔵から出していない。ご先祖様もさぞ喜ぶであろうよ」

と、松蔵に無理やり持っている鎗を押し付けた。

「それと松蔵、これからどんな時代になるかはわからん。小助を農兵隊に入れたのは良いことだ。きっと家族を守ってくれると思うぞ。それに小助は筋が良い。だが、命はくれぐれも大事にするようにおまえからも言っておけ。若い者はむちゃをする。死ぬのは侍だけで十分だ」。

と、順次郎は言った。

松蔵は、自分と小助が何かの際、少しでも祭之助の役に立てればと思って農兵を志願させたが、小助のことを考えると、それで良かったのかどうかはわからなかった。しかし順次郎にそう言われ、少し気持ちが楽になった。

松蔵が家に帰り、鎗を順次郎からもらったと聞いた小助は、恐れ多い、信じられぬと目が飛び出るほど驚いた。そして、翌日の農兵隊の訓練の際、鎗を返したいと順次郎に申し出た。

「その前に、どうだ小助、その鎗の使い心地をまず聞かせろ」

と、順次郎は小助に聞いた。

「へい、今までのものと比べて少し重いですが、突いたときに全くぶれません。良い鎗だと思います」

「聞いた風なことをぬかすな。それに、この鎗はくれたのではないからな、戦が終わったら必ず返せ、良いな、話はそれで終わりだ」

と、順次郎は小助に言い聞かせた。聞く耳は持たないようだ。小助は、どうしたら良いかわからず、鎗を持ったまま戸惑っている。

「それに小助、百姓だからと臆することはない、これから相手をする水戸勢も半分は百姓町人だ。お前は人より体も大きいし、わしから見ても鎗の筋が良い。家族を守り、藩のためにも良い働きができると思ったから俺の鎗を貸したのだ。俺に恥をかかせるな」

と言って、順次郎は他の農兵達の訓練に行ってしまった。

順次郎の思いは小助に十分に伝わった。戦は恐ろしいが、もしもの時は少しでも祭之助、順次郎の役に立てればと小助は意を決する。そして小助は、その日から、毎晩その鎗を枕元に置いて眠る。よほど嬉しかったのであろう。

七　高崎藩兵出陣

高崎藩は、剣術は小野派一刀流、鎗は鎌宝蔵院流《かまほうぞういんりゅう》の十文字鎗である。

腰には、高崎藩独特の「右京拵《うきょうごしらえ》」という柄《つか》に糸巻きではなく、黒檀や紫檀を用い彫物を加えた独特の刀を差している。

「右京拵」は、柄に糸巻きでは戦闘で雨や血で濡れると握りが甘くなるために松平右京大夫輝貞《てるさだ》が考案したと云われている実戦に即した刀の柄《つか》である。

刀の柄に鮫皮を用いず、柄糸も巻かずに胴輪をはめて締めている。この形状の刀の柄は、源平時代から用いられていたようである。これが江戸期に再び復活し、右京柄と呼ばれている。

初代高崎藩主松平輝貞は、節約を強調した八代将軍吉宗の時の老中である。「右京柄」は高価な鮫皮を用いないため安価に仕上がる。また平時から常に戦乱の心構えを持たせることができる。輝貞が将軍吉宗の意を受けて「右京柄」を考案したことは十分考えられるとある。

第一番手に属する祭之助の出陣の出で立《いた》ちは、本木家重代の鎧兜に身をかため、頭は結ばず白綾《しろあや》（白絹の綾織物）を以って鉢巻とし、甲冑の上には陣羽織を着用し、惣朱柄の十文字鎗を右手に持ち、まるで錦絵の中から飛び出たような凛々しい若武者そのものであった。

その姿を見た祭之助の養母おゆうは、思わず目頭が熱くなった。若い祭之助が出陣することへの不安よりも、武士としての出陣するその凛々しい祭之助の姿を、ひと目亡き夫の金治《かねはる》にも見せたかったのであろう。

群馬県立歴史博物館には『武備抄《ぶびしょう》』という高崎藩の軍装を事細かな図解と共に記録した書物が所蔵されている。鎧の着方などについても記載されている。高崎藩では、出陣の際この『武備抄』を参考にしたのであろうが、鎧の着用には思いのほか時間がかかったとある。無理もない、大河内松平家としては、島原の乱以降二百年以上、鎧兜を身に着ける機会などなかったのである。おそらく、几帳面に年に何回かの虫干しをしている藩士など、皆無だったのではないであろうか。

著者作成

いよいよ家を出ていこうとする祭之助に養母おゆうは、

「祭之介、これを」

と、亡き夫金治から預かっていた本木家先祖伝来の刀を祭之に手渡した。

「母上、これは父上の形見では」

「馬廻各本木家の名に恥じぬよう立派な働きを。後のことは、何も考えなくても良いですから」

祭之助の言葉を遮《さえぎ》るように、おゆうは言った。そして松蔵の方を見て、

「松蔵、祭之介の手柄をたてる所をしっかりと見てくるのですよ」

と、気丈に言った。

「はっ、お任せください」

松蔵は、そう返事をしたが、おゆうの心中を十分に察している。亡き先代の恩に報いるためにも、何としても祭之介と無事に高崎に帰ってくるつもりでいる。


松蔵は、祭之介の養父金治の代から若宮家に仕えている奉公人である。天狗騒動が始まってからは、松蔵は毎日のように忙しく本木家に出入りをしている。そして、今回の天狗党との戦では、祭之介の鎗持ちとして従軍することになっている。

松蔵は比較的裕福な近隣の農家の三男として生まれ、子供の頃は、いわゆる村のガキ大将であった。しかしながら、農家の三男坊という境遇からか、若い時は荒れた生活を過ごした時期があった。親戚

頼政神社

である村の名主は、当時新たな奉公人を捜していた祭之助の養父金治に松蔵を紹介し、金治に気に入られたことから本木家の奉公人となっていた。その出会いがなければ、松蔵はどこかで野たれ死んでいたかも知れない。

　松蔵の息子の小助も、子供に恵まれなかった祭之助の養父金治に小さい頃からかわいがられていた。その恩義を松蔵は忘れることなく、祭之助の代になっても本木家に奉公を続けている。松蔵の歳は祭之介と親子ほど違う、この年に四十五歳となる。小助は、祭之助より四歳年上の十九歳である。


　祭之介は松蔵を連れ、まだ日が明るいうちに頼政神社に戦勝祈願に行く。

　本木家の屋敷は、高崎城三の丸に接した北側にある。二人は追手門の前を通り南の頼政神社へ向かって歩いていく。西日が傾いたその中に、高崎城の土塁の上に建てられたひときわ目立つ三階櫓が見えた。

鎧兜を身に着け鎗持ちを従えて歩くことにより、祭之助は、徐々に自分の気持ちが高ぶっていくことを感じた。


頼政神社は、元禄八年（一六九五年）松平右京大夫輝貞公が高崎藩主に封ぜられた際、その祖先源頼政公を祀ったのが始まりである。高崎城の三の丸のすぐ南にある。

源頼政は、長治《ちょうじ》元年（一一〇四年）に生まれている。武将にして歌人であることでも知られている。保元の乱と平治の乱で功を立て、平氏政権下で中央政界に留まっていた。しかしながら、後に後白河天皇の皇子である以仁王と挙兵を計画し、諸国の源氏に平家打倒の令旨を伝えたが、計画が露見して平家の追討を受けて宇治平等院の戦いに敗れ自害している。


「おう、祭之助、待っていたぞ」

頼政神社に着くと、内藤儀八が声を掛けてきた。

儀八は第二番手であり、出陣は今晩ではない。しかし、戦勝祈願に頼政神社にくる皆々を励ましにきたのである。

「はい、出陣前の戦勝祈願です」

祭之助は、気持ちの高揚を抑えきれず、声が少し上ずってしまった。無理もない、周囲には、鎧兜に身を固めた多くの藩士らが詰めかけているのである。自《おの》ずと、その場の雰囲気に呑まれてしまっていたのである。

すると、祭之助の声を耳にした大島順次郎が近づいてくる。

「お前の出番などあるか」

と、笑いながら口を挟んできた。

「順次郎さん、祭之助の腕はあがりましたか」

儀八が、祭之助の背中をポンと右手で叩きながら聞いた。

「毎日のように稽古をつけているからな、おかげでだいぶ腕は上達したな。相手が刀で並の腕であれば、そうは簡単に一本を取れまい」

「それを聞いて安心しました。我々の足手まといになっては困りますから」

儀八は、笑いながら言った。

「順次郎さん、私は第二番手だから、残念ながらお二人とは一緒に出陣できません。くれぐれも若い者達を宜しくお願いします」

儀八は、順次郎に軽く頭をさげた。

「おう、任せておけ。第二番手の出番はないわ」

と順次郎は声を大にして胸を叩いた。それを見ていた周囲の者は、さぞかし心強かったことであろう。

「内藤様」

と、祭之助が隣の儀八に声を掛けた。妙に神妙な顔をしている。

「どうした祭之助」

「我が家の菩提寺も内藤様と同じ赤坂の長松寺《ちょうしょうじ》です。見事討死しましたら、近くの墓に入れさせてください」

「ばかを言うな祭之助、俺は敵の大将武田耕雲斎の首を取ってやる。お前は後ろで、しっかりとそれを見ていろ」

と、儀八は笑いながら言葉を返した。あまりにも祭之助が深刻な顔だったからである。儀八はこの時、この十五歳の若武者の覚悟を感じた。

高崎藩士らは、天狗党が千人近い大軍勢であることを知らされていた。多くの高崎藩士らは、討死を覚悟して天狗党との戦いに挑んだのである。

頼政神社から、集合場所の追手門枡形へ歩いてく途中、大染寺のハクモンレンの木の前で祭之助は足を止めた。そして、しばしその木を見上げていた。

「どうした祭之助」

と、隣を歩いていた順次郎が声を掛けると、

「いえ、別に……」

と言い、祭之助は再び歩き始めた。

(もうこれが見納めだろう。来年の春に咲くこの花は、見ることはあるまい)

高崎公園のハクモクレンの木

祭之助は、自分に言い聞かせた。

そんな祭之助を見て、順次郎は歩きながら声を掛けた。何か察するものがあったのであろう。

「祭之助」

「はい」

と、返事をしたが、祭之助はいつもと違う順次郎の声に違和感を持った。

「俺は幼い時から父上に、どんな最後を迎えるか考えておけ、それが侍というものだと言われてきていた。しかし、戦などない時代にそんなことは考えたことはない。父の時代とて同じだ。みな畳の上で最後を迎えていた。しかし今は違う。俺は自分の最後はこうあるべきだと考えている。お前も五十石取の働武者だ、考えておけ」

と、順次郎は、いつになく真顔で祭之助に言った。その表情を見て、祭之助は言葉がすぐに口から出ず、頷くのが精一杯であった。

現在の高崎公園には、安藤重信が高崎藩主となった元和五年に植えたと云われている大きなハクモクレンの木がある。樹高十四メートル、根元の周囲は四メートルという見事なものであり樹齢は三百七十五年と推定されている。

当時この場所には、頼政神社の別当寺である大染寺があったが、大染寺は藩主の祈願寺であったため廃藩置県により廃止となっている。高崎公園は、明治九年に大染寺の跡地が公園として開放されたのがはじまりである。

そのハクモクレンの木は、毎年春に立派な白い花を咲かせる。祭之助や出陣する多くの高崎藩士は、頼政神社に必勝祈願に行った際、帰りにこのハクモクレンの木を見た筈である。

城の追手門枡形《ますがた》に着くと、会田孫之進が指揮する高崎藩の第一番手の兵百九人は、既に大半の者が集まっていた。全員甲冑に身を固め、鎧の草摺りの音がいたる所で聞こえ、また兜の前立てが提灯や松明の明かりに照らされていた。

皆、静かに出陣の時を待ち、その場には馬のいななく声が聞こえるだけである。

そして、第一番手は、その追手門枡形から威風堂々と高崎城を出陣していったのである。

騎乗の武者は、小頭武者、使番、者頭、目付兼徒士頭の四人である。足軽目付を先頭に砲三門が引かれ、その後ろを徒士や足軽が続き、そして祭之助ら働武者二十五人が鎗持ちを従えて続く。第一番手は百九名であるが、鎗持ちや人夫などを入れると、およそ二百名近い部隊となる出陣である。

出陣は十一月十二日に夜の八時である。追討軍の田沼意尊から、家老の宮部兵右衛門は、十一月十二日に追討の命令を受け取ったと記録にある。高崎藩第一番手は、その日の夜に出陣したのである。（いくつかの文献では、高崎藩の出陣を十三日としているが、高崎藩の出兵の記録を詳細に記した『下仁田戦場図　天田和慶筆』では十二日としており、その他の公文書も十二日となっている）

高崎藩の軍装は、甲冑の緘《おどし》糸（鎧を構成する鉄や革製の小さな板をつなげる）や袖印の下半分、さらには兜の下の頭巾、草鞋の紐などは全て紺色と定めており。鎧兜を身に着けた際には、その色の凛々しさがひときわ目を引き鮮やかである。また、五十石以上の藩士は、皆が先祖伝来の鎧兜を磨きに磨いて身に着けている。

天狗党が例幣使街道を通るのでは、との情報から、高崎藩第一番手の兵百九人は、追手門枡形を出ると南に折れ中山道を倉賀野方面へ向かう。そして倉賀野宿を抜けると、追分で中山道から例幣使街道に入る。

日光例幣使街道は、正保三年（一六四六年）以来、日光東照宮に朝廷から例幣使を送り出すのが始まったことにより、その例幣使が通る道を日光例幣使街道と呼ぶようになったのである。

この例幣使街道と中山道の追分には、常夜灯が建てられている。この常夜灯は、文化十一年（一八一四年）に建立され、三百数十名の寄進者の名が刻まれている。そこには、あの有名な相撲取りの雷電為右衛門の名前も見られる。

この追分にて高崎藩第一番手は、少し早いが小休止を取った。夜の行軍ということもある。

「祭之助、どうだ、肩は痛まないか」

又三郎が後ろの祭之助に声を掛けた。

「大丈夫だ、ご城下の馬場でさんざん行軍の練習をしてきたから鎧も兜も体にしっくりしている。それに内藤様との形稽古も、最後は鎧兜を身に付けてだったから、もう体の一部と同じだ」

「おう、俺もだ。どうだ、芋でも食べるか」

と言うと、又三郎は鎧の下の腹に手をやり、蒸かした芋をだした。腹にかかえて持ってきていたのである。

「いや、俺は餅を持ってきた。今日、松蔵がついてくれたやつだ」

と、祭之助は、薄く延ばしてある切り餅を取り出し口にいれる。人肌に温まっておりまだ柔らかい。

「腹が減っては戦《いくさ》はできぬからな、母上にいつでも食べられるようにしておけと言われたよ」

今の暦《こよみ》では、高崎藩の出兵は十二月である。

上州の北の山々に雪が本格的に降りだすと、平野部の高崎や前橋では、いわゆる上州名物のからっ風と云われる強い季節風が吹く。

幸い、この年の本格的な雪の降り始めはまだ先のことであり、この日は強い風が吹いていない夜であった。しかしながら、さすがに上州の冬の夜は冷える。再び行軍がはじまると、藩士らの白い息が

現在の新町河原付近の神流川。左側に高崎藩が陣を敷いた。
（上流のダムの影響があり、当時と水量は異なる）

松明の明かりに照らし出されていた。

高崎藩第一番手は、玉村宿に入り玉村八幡宮に陣を張る。天狗党の今後の動き次第では、玉村宿から東の五料方面へ繰り出し迎え撃つつもりである。

その後、十三日の深夜に天狗党が例幣使街道をそれ、利根川を渡り本庄宿に向かったとの知らせを受け、高崎藩第一番手は急遽南の烏川を角淵《つのぶち》で渡河し、中山道の新町宿に入る。

そして、翌十四日、高崎藩第一番手は、神流川《かんながわ》に面した新町河原へ繰り出し大砲三門を据えて天狗党の軍勢を待ち構える。この付近は、かつて本能寺の変の後、京へ引き上げる織田信長の武将滝川一益と北条氏との戦いのあった神流川古戦場の地である。

偵察部隊から、天狗党の先鋒が中山道を西に新町河原に向かって近づいてくるとの知らせが入り、合戦間近と第一番手全員に緊張が走る。わずか百九人の第一番手で天狗党の大軍勢を迎え撃とうというのだ。

「会田殿、天狗党は神流川を渡河してくると思いますか」

第一番手の副官（使番兼目付）堤金之丞が、隣の床几に座っている隊長（小頭武者）の会田孫之進に声を掛けた。

「わからん、いずれにせよ、我らは役目を果たすまでよ。敵が渡河してきたら迎え撃つまで。大砲はいつでも撃てるようにしておいてくれ」

暫くすると天狗党の偵察部隊と思われる何人かが、神流川の対岸にちらほらと顔をのぞかせてきた。こちらの様子を伺っているようである。高崎藩士らの鎗を持つ手にも力が入る。大砲方は既に火薬と砲弾を詰め、いつでも大砲が撃てるように準備をしている。足軽鉄砲隊も火縄に火をつけて対岸に向けている。後は鉄砲の火蓋を開けるだけである。


第一番手が神流川を挟み天狗党と合戦に及ぶかと緊張している時、十四日の明け方に高崎城を出陣した浅井隼馬率いる高崎藩第二番手兵九十二人は、第一番手が布陣した新町河原の後方約三キロメートルの岩鼻《いわはな》河原に陣を敷き、第一番手の後備えとなっていた。高崎勢は、中山道を北上する天狗党の浪士らを、なにがなんでも高崎領に入れない必死の布陣である。

高崎藩の多くの伝令が前線の状況を伝えるため、城と一番手、二番手の間を目まぐるしく走りまわっている。そして、高崎城に控える第三番手と城を守備する兵達も緊張して今後の推移を見守っている。

中山道を進む耕雲斎ら天狗党の本陣は、新町河原の手前の陽雲寺にて、このまま中山道を突き進み高崎藩との一戦に及ぶか否かを話し合っていた。その時、高崎藩の砲が二度ほど火を吹いた。天地をつんざくような轟音である。

高崎藩第一番手の大将会田孫之介は、味方を鼓舞するため、また天狗党に高崎藩の覚悟を知らしめるため、大砲を天狗党に向けて放ったのだ。

「耕雲斎様、いかがいたしましょう。高崎藩の戦意は相当に高いように見られます。しかし数は百人ほど、たいした数ではありません。一気に攻めかかれば、容易に追い払うことができると思います」

偵察部隊からの報告を受け、先陣の竹内百太郎が耕雲斎に進言をする。

常陸の大子を発ってから、ろくに戦らしい戦をしておらず、また昨晩利根川を渡河してから、本庄宿ではろくに休息も取れずに行軍してきた兵達の苛立ちもある。兵の士気のことも考えてそろそろ一戦をと、竹内の目がぎらぎらと耕雲斎に訴えている。

それを察した山国兵部が口を開く。

「百人ほどの人数であれば、高崎藩の主力はおそらく水戸方面からまだ帰ってきておらんのじゃろう。しかし偵察に行かせた者の報告では、高崎藩は、まだ後方にも備えがあるようだという。このまま中山道を進むとなると高崎の城下を通らなければならない。高崎藩の兵の数は少ないと見て良いと思うが、おそらく前橋藩や安中藩も後ろで備えていることだろう」

兵部は、扇子を片手にさらに続ける、

「いくら兵が少なくとも、城下を通るとあれば、高崎藩も死に物狂いで向かってこよう。その後、他藩や幕府追討軍の相手はできん。仮に高崎城を落とせたとしても、その先には進めぬ。そこで終わりだ。我々は京まで上がることはできん」

それを聞きながら地図をじっと見ていた耕雲斎は決断する。

「中山道から外れ藤岡宿を抜け、姫街道（下仁田街道）を通り信州へ入ることにしよう。これであれば高崎藩領を通らずに済む。吉井藩、小幡藩、七日市藩はいずれも小藩である。おそらく戦にはなるまい」

「それであれば、高崎藩のやつらも一安心《ひとあんしん》するでしょうな」

と、口に笑みを浮かべ兵部が同意する。

「わからんぞ兵部、わずか百人ほどで我らと一戦しようとして待ち構えている者達だ、高崎藩の戦意は相当高いと見なければならない。決して侮るな」

耕雲斎は、よもやと思うが高崎藩の追撃もありうると見ている。

「兵部、もし高崎藩が追撃してきたら、一隊を残して先を急ぐぞ」

「耕雲斎様、殿《しんがり》は、私の部隊と天勇隊に任せていただきたく」

竹内百太郎が一歩前に出てそう言うと、天勇隊の隊長須藤敬之進は、すぐに自分の部隊に戻り、高崎藩が追撃してきた際の殿戦の準備を急がせる。

下仁田街道は、中山道の裏街道である。上州から内山峠を越えて信州の佐久へ入り、再び中山道へつながる。

この街道は、「入り鉄砲に出女」と、取り締まりの厳しい碓氷峠《うすい》の関所を避けて女性の通行が多く、また険しい道を避けた街道であり、女性が比較的通り易かったことから、別名を「姫街道」と呼ばれていた。


十四日の昼近く、天狗党の本隊は高崎勢との戦いを避け、神流川の手前で南に折れる。そして、幸いにも高崎藩の追撃がないことを確認し、神流川上流の浅瀬を渡河し藤岡宿に入る。

藤岡宿では、天狗党はあるだけの納涼台を集め、昼食時に盾として並べさせ用心していたと記録にある。

その後、天狗党は下仁田街道を西に向かい、その日の夕刻には吉井宿へ入る。


高崎藩第一番手は、偵察の者から天狗党が進路を変えたことを確認した後、すぐには追撃に入らず倉賀野宿へ入る。そこで第二番手と合流し、今後の指示を高崎城の城代宮部兵右衛門にあおぐことになる。

天狗党が高崎藩との戦いを避けるかのように新町河原を南に折れたことから、高崎藩第一番手の士気は大いに上がっていた。そして、しばらくすると緊張の面持ちから一気に気が抜け皆が安堵した。無理もない初めての合戦である。

高崎藩は、この時点で兵を引いても大いに面目がたったであろう。しかし高崎藩は、このまま黙って天狗党を信州へ行かせるつもりは全くなかった。

「どうだ祭之助、又三郎、実戦は」

天狗党の浪士らが去った新町河原の陣で、順次郎は気が抜けている祭之介と又三郎に近づきながら声を掛けた。なにかと初陣の若い二人を気遣ってくれている。

「順次郎さん、ま、まだ戦ってはおりません」

祭之助が順次郎の声に気がつき返事をした……が、少し声がうわずっている。まだ緊張が解けていないようだ。

「何を言う、川を挟んでわずかな距離に敵がいたろう。そして、大砲が放たれ、いつ合戦がはじまるかと緊張したであろう。これは、もう実戦だ」

「はい、足が震えました。そして鎗を持つ手も……」

祭之助は、なんとか笑顔をつくり順次郎に答えた。

「大丈夫だ、次に敵兵を見た時には、今ほどは緊張しない筈だ」

そんな二人の肩をぽんぽんと軽く叩き笑いながら順次郎は言った。

「はい、今ほどは緊張しないかと思います」

祭之助がそう答えると、隣の又三郎も強張った顔で何度も顔を上下に頷いている。

「そうだ、それでいい。ここだけの話だが……」

順次郎は、声を細めた。

「偉そうにしている大人達も皆、初めての実戦だ。緊張して、漏らしている奴もいるかも知れんぞ。顔をよく見て見ろ」

と、順次郎が言うと、二人は周囲の大人達の顔をひと通り見渡してみた。確かに、自分らより緊張している顔がいくつもあった。それを見て、祭之助と又三郎の顔にもわずかながら笑みが戻った。

順次郎は、初陣の祭之介らの緊張感を少しでも和らげようとしたのである。

「順次郎さんは、まったく緊張しなかったのですか」

と、祭之助が聞くと、

「仕事がら盗賊のたぐいとは、何度も斬り合いをしているからな。しかし、全然と言われればそうではない。このような大戦《おおいくさ》は初めてだ。しかし、鎗の順次郎が緊張していたら恰好が悪いし、周りも不安になるだろう。やせ我慢だ、やせ我慢」

と、笑いながら順次郎は二人に言って笑った。

「順次郎さん、会田様は、これからどうするつもりでしょうか」

祭之助が、後方の本陣の方を見ながら順次郎に聞いた。小頭武者を囲み、第一番手の首脳陣が何やら話し込んでいる。

「城代からの指図も待たねばならんが、おそらく追撃するに決まっておろう」

「敵は大軍ですね。先鋒の部隊だけでもゆうに百名近くはいたようです。それに続く後ろの部隊には多くの旗指物がありました」

又三郎がそう言うと、

「又三郎、戦う前から相手を大きくしてどうする。皆、百姓町人の俄《にわ》か侍と思え。そう思えば簡単に三人や四人は討てる。実戦は、俺や儀八との手合せと思え。これほどの強敵は、水戸藩士の中にもそうはいないだろう。緊張したら力の半分もだせんぞ」

そう順次郎に言われると、二人は「はい」と返事をし、鎗を持つ手にぐっと力を込めた。

祭之助と又三郎は、第一番手動武者として出陣している。榮三郎は、第二番手の徒士としての出陣である。（榮三郎は、五十石取の竹内家から金五両二人扶の関根家へ養子として入っている）

十四日、高崎藩の第一番手、第二番手は倉賀野宿にて合流をした。

祭之助と又三郎は、ここで榮三郎と会うことになる。若い三人は、初陣の興奮が覚めず、その日は翌日のことなど考えず、まるで今の時代の修学旅行の高校生のように、倉賀野宿で夜が更けるまで目を輝かせて話し込んでいた。

倉賀野宿から天狗党の浪士らがいる吉井宿までの距離は、現在の距離でおよそ七キロほどである。

高崎藩は、先遣隊を山名《やまな》に繰り出し天狗党の動向を注視した。

また、高崎城にいる城代宮部兵右衛門は、天狗党が藤岡を通り吉井へ入ったとの報を昨日受け、高崎城を天狗党に攻められる危機も脱したと判断し、深井八之丞の指揮する第三番手に対して出陣の準備を急がせる。

さて、吉井藩である。

吉井藩陣屋の表門

吉井藩一万石の藩主の松平信発《のぶおき》は江戸定府であり、この時、陣屋を守る藩士は十人程度であった。そのような状況から吉井藩は黙認を決め込むしか手立てがなかった。

この日の天狗党は太田からの行軍であり、昨夜は夜を徹して利根川を渡り、本庄宿で一息をつき朝食は取っているがろくに寝ていない。そのため天狗党は、吉井宿に宿泊することを強く吉井藩に要求する。

先触《さきぶれ》役の薄井督太郎が吉井宿に入ると、吉井藩の役人は臆したのか、一歩も陣屋から出てくる気配がなかった。天狗党との交渉には、吉井町の町役人堀越文右衛門が応対することになる。

結局、吉井藩は、表向きは天狗党との談判中ということにして藩の対面を保ち、天狗党の宿泊を黙認せざるをえなかった。

天狗党一行は、その吉井藩の対応に感謝の意を表すため、旗や馬印を巻き、抜き身の鎗の穂先には紙や白布を巻くなどして吉井宿に入ったとある。

後日、吉井藩が天狗党の宿泊を受け入れたことについては、吉井藩は「家門」であることからか幕府から何ら咎《とが》めはなかった。吉井藩松平氏は、かつて高崎で切腹させられた駿河大納言忠長の遺子をその祖とすると伝えられ、御三家の紀州との関係が深かったのである。

天狗党の信州通過では、飯田藩領にて天狗党が間道を通り去った後、飯田藩の関所役人二名は、戦わず浪士達を通したことを田沼意尊に責められ、後に切腹をさせられている。世の中とは、いつも不公平なものである。


天狗党が吉井宿にて宿泊することを知った高崎藩では、吉井宿での夜襲を考えた。しかしながら他藩領のご城下であるため攻撃を決めかね、その好機を逸してしまったとある。

高崎藩にとっては、数で勝る多勢の天狗党を討つ絶好の機会であった。しかしながら他藩領のご城
夜襲の効果は疑問がないが、おそらく吉井宿と陣屋は灰になるだろう。その後の戦後処理を考えて控えたようである。吉井藩は「家門」であることから、後の藩主への大きな災いになりかねないと考えたのである。

そして、翌朝早々、高崎藩第一番手、第二番手は倉賀野を出発し、山名を通り天狗党の追跡を開始することになる。

天狗党が吉井領を抜けると、今度は小幡藩二万石の使者が藩境で待ち受けていた。

小島弥市と高橋源五右衛門である。

彼らは、昨夜も吉井宿の天狗党を訪ね、小幡藩領の通過を認めないことを浪士らに伝えている。しかしながら天狗党は、所詮二万石であれば認めざるをえないであろうと、小幡藩領を力づくでも通り抜けようと考えていた。

天狗党の一行が小幡藩領に近づくと、小島弥市と高橋源五右衛門が再び街道筋に姿を現し、天狗党の領内への通過を拒んだ。

その話し合いは長く続き、最終的に二人が藩の重役に相談すると陣屋に戻ったその隙に、天狗党はさっさと小幡藩領を通過してしまう。

小幡藩にとっては、交渉中に天狗党が勝手に通り抜けてしまったとの言い訳が幕府にできる。もちろん、小島弥市と高橋源五右衛門の二人がその場に二度と戻ってくることはなかった。

これが天狗党と示し合わせたことなのかは不明である。

天狗党は小幡藩領を通過すると、さらに下仁田街道を西へ進み七日市を目指す。七日市藩は前田家一万石の陣屋であり、藩祖はあの前田利家の五男利孝である。この時、七日市藩の藩主は江戸におり不在であった。

七日市藩では、幕府の追討命令が出た後、天狗党に備えており、一ノ手隊、二ノ手隊に分けて訓練を行っていた。しかしながら、わずか一万石の七日市藩では、所詮天狗党の大軍勢に立ち向かうすべがない。しかも、当初は例幣使街道から中山道を進むと思っていたが、今は下仁田街道を七日市に向かってきているとの知らせである。悪いことに、その下仁田街道は、七日市藩陣屋の目の前を通っているのである。

一万石の小藩であれば、百人そこそこの手勢を集められるかどうかである。天狗党と一戦するなら、陣屋を枕に討死となろう。かといって、このまま陣屋の前を堂々と天狗党に素通りさせては藩の面目が丸つぶれである。幕府からの強い咎めも考えられ、しいては宗家の加賀前田家にも禍《わざわい》が及ぶかも知れない。しかし今からでは、どうしたら良いか策がない。江戸にいる藩主にお伺いを立てることなど不可能である。

天狗党がいよいよ領内に近づくとの知らせを受け、七日市藩の陣屋内は大いに混乱し、重役達は、何ら対応を考えられずに右往左往するしかなかった。


その状況に、一ノ手隊先頭役の横尾鬼角《きかく》は意を決した。

横尾鬼角は羽織袴の礼装に足軽一人を連れ、七日市宿の木戸の前で天狗党を迎える。この時、横尾鬼角二十七歳である。

天狗党の先頭を進む滝平主殿は、横尾鬼角の羽織袴の礼装での迎えに、一瞬我が目を疑った。そして、すぐに天狗党側も戦う意思がないことを示すため、全軍に旗と馬印を巻くように指示をだした。

「大義のために西上しようとしている。貴藩とは戦うつもりはない。何卒通してもらえないか」

滝平主殿のこの辞を低くした一言を聞き、横尾鬼角は少し安堵した。

「当藩は、一万石の小藩とは申せ、一万石の弓矢はある。幕府から追討を受けている以上陣屋の前を通すわけにはいかない。しかしながら、間道を通ってもらえるとのことであれば、これから案内をさせていただきたい」

滝平主殿は、そう言う横尾鬼角の胸元を見ると、着物の下に白装束を着ているのが見えた。

(交渉がうまくいかなかったら、この御仁はここで腹を切るつもりだな)

横尾鬼角の言うことを無視し、このまま陣屋の前を通れば鬼角はこの場で腹を切ろう。一万石程度の小藩であれば、たいした抵抗も受けまいと思ったが、横尾鬼角の死を決したその態度から、滝平主殿は武士の情けで武田耕雲斎に取り次ぐことにした。

「その横尾とか申す者は、家老か城代か」

と、耕雲斎は滝平主殿に聞いた。

「いえ、七日市藩の用人と申しておりました」

「今の時代、家老連中が首を引っ込めているというのに、藩を守るためそんな侍がいたのか」

と、耕雲斎は横尾鬼角の行動を意気に感じた。そして、要求の通りに間道を通ることを受け入れたのである。

おそらくこの時、耕雲斎らは追撃してきている高崎藩兵の動向も気にしていたのではないだろうか。もし、七日市藩との戦いに及び、その隙に高崎勢に背後を突かれでもしたらと。

間道を案内する際、横尾鬼角は統制の取れた天狗党の軍勢、士気の高さ、また大砲や鉄砲の多さを直接目にし、天狗党と戦えばまったく勝負にならなかったことを改めて悟った。そして、決して天狗党とは戦ってはいけないと思ったのである。

間道を通る天狗党は、鏑《かぶら》川を渡り一宮へ向かうことになる。

間道とはいっても、場所によっては、いちいち大砲や兵糧、弾薬などを崖から下ろし、そして鏑川を渡り、また崖を上るという必要があった。

現在世界遺産となっている富岡製糸場から見える南の鏑川である。崖下を流れる鏑川を見れば、人の手だけでその間道を通る大変さを容易に想像することができる。

しかしこの間道への回り道は、間道がここまで厳しいものと思っていなかった天狗党の浪士らに大いに不満をもたらせた。

「これ程の苦労であれば、七日市の陣屋を一気に攻め落とした方が楽ではなかったのか」

といった浪士らの不満の声が多く聞こえた。

その声は、間道を案内している横尾鬼角ら七日市藩士らの耳へもたびたび入る。七日市藩士らが、どのような気持ちでそれを聞いていたのかが想像できよう。

間道を案内しているあいだ、横尾鬼角と天狗党の浪士らとの間で、どのような会話があったのかは知ることができない。しかし、鬼角らは天狗党と共に一の宮神社を参拝し、昼食までも一緒に取っている。おそらく、腫れものに触るように天狗党に接していたのではないだろうか。

高崎藩が追撃しているのにも関わらず、この様な間道をなんの見返りもなく天狗党が通ったとは思えない。野州の大田原藩の時には、天狗党は五百両の献金を受け取っている。

七日市藩陣屋の門

七日市藩については、これより先、天狗党の筑波での旗揚げの直後、猿田忠夫や藤田芳之助らが富岡での軍資金の調達を終え下仁田宿へ出発する際、永心寺に招待されご馳走をされるなど、もてなしを受けている。また重両掛二荷（江戸時代の旅行用の行《こう》李《り》のひとつ）、乗馬一疋をもらい送り出されてもいる。

間道を通ることについての見返りとして、七日市藩からの直接の軍資金の提供は無かったかも知れないが、何らかの形で資金の提供などがあったのではないかと疑ってしまう。

しかし、後に天狗党が敦賀にて降伏した後、浪士らが加賀前田家に預けられた際、前田家は百万石の武士道で遇したことが記録にある。加賀前田家は、この時の七日市藩への天狗党の対応に、強い恩義を感じていた可能性はあるのかも知れない。

尚、その後の横尾鬼角であるが、七日市藩において、幕末に保守派と急進派の争いが起こると、急進派の鬼角は、藩主を廃して幼主を立てる企てに組する。この騒動は、宗家の加賀前田家も巻き込む大騒動となり、鬼角は、藩主より永蟄居を命じられることになるが、江戸から明治への転換期であったことが幸いする。

鬼角の処分は、最終的に司法省から下されることになり、除籍民籍編入となる。その後の鬼角は、民間で職を得たり、前橋警察署主任警部などを務め明治十九年に五十歳で没する。

吉井にて夜襲を行うことができなかった高崎藩は、天狗党の後を追うよう七日市藩領に入り、その日の午後に一の宮に到着する。

小勢の高崎勢は、天狗党の待ち伏せを警戒しながら追撃をしなければならなかった。およそ半日ほど遅れ、天狗党の後を追撃している状況である。しかしながら、その距離は徐々に近づきつつある。

一の宮までの途中、高崎藩は、吉井、小幡、七日市の各藩に対して使者を送り、領内の通過の許可を得るとともに、天狗党追討のための出兵を各藩に促している。

一の宮には、貫前《ぬきさき》神社がある。その歴史は千五百年と云われている。群馬県内で最も格式の高い「一之宮」に指定されている神社であり、階段を下って本殿に参拝する「下り宮」という全国的にも珍しい参道の形式を持っている神社である。

この貫前神社では、天狗党はもちろん、それを追う高崎藩も必勝祈願をしている。

一の宮からさらに西へ一キロほど行った宮崎村にて、高崎藩は休息を取った。

階段を下って本殿がある一の宮の貫前神社では、天狗党が襲ってきた場合に身動きが取れないからである。

宮崎村は、かつて戦国時代に国峯城主・小幡氏が支城として築いた宮崎城の城下にあり見通しがきく。

宮崎城は、豊臣秀吉による「小田原征伐」にて上杉景勝の軍勢に攻められ、国峯城とともに落城し、その後、徳川家康が関東に入封すると、家臣の奥平信昌が城主となった。そして、「関ケ原の戦い」の後、奥平信昌は美濃国加納に転封され宮崎城は廃城となっている。現在は中学校の敷地となっているが、今も当時の城の縄張りを想像することができる。


この宮崎村にて、第一番手の隊長会田孫之進、第二番手の隊長浅井集馬ほか、者頭、徒士頭、目付、使番など主要な幹部らが今後の兵の進め方について話し合っていた。

そこへ小幡勢、七日市勢の首脳が合流し、三藩で今後の兵の進め方についての話し合いが始まる。

「小倉殿、小幡藩の手勢はいかほどで」

と、小幡藩兵を率いる家老小倉又右衛門に、高崎藩の会田孫之進が聞くと、

「三百ほどを引き連れてまいった。現在は、一の宮あたりを目指して進軍しておる手筈です」

とのことである。これには周囲にいた高崎藩の首脳陣が、

「おお」

と声を上げた。そして、顔に笑みを浮かべる。

想像していた人数を超える兵の多さであったのだ。

小幡藩の家老小倉又右衛門は、兵三百を引き連れていたとある。しかしながら、三百人は二万石にしてはあまりにも多すぎる。兵三百であれば、高崎藩の第一番手から第三番手を合わせた兵数とほぼ同じである。おそらく、多くの農兵を含んでいたのではないだろうか。または二百程度の兵数にも関わらず、小幡藩が戦意のあることを誇示したく兵数の見栄をはったのかも知れない。事実、幕末の戊辰戦争での小幡藩の出兵は、百名と少ない記録がある。


会田孫之進は、七日市藩の兵数を家老の保坂正義に聞いた。こちらは、まもなく陣屋から百名を出発させるとの返事であった。

先に七日市藩では、一ノ手隊、二ノ手隊に分けて訓練を行っていたと述べたが、この時代の一個小隊は、藩にもよるが三十〜五十人程である。おそらく、七日市藩のその規模からして、およそ百名程度の出兵が妥当な数であったのではないかと考えられる。

横尾鬼角の記述は文献には見られないことから、この七日市藩の部隊には加わっていなかったと思われる。おそらく、天狗党と昼食までを一緒にとっているので、さすがに七日市藩の首脳もまずいと思ったのであろう。

三藩でのこの軍議の際、七日市藩、小幡藩の両藩の首脳は、高崎藩に対して、この日の天狗党とのやり取りを正直に話したのであろうか、おそらく藩の面子《めんつ》もあり隠し通したのではないかと思われる。そして、いかにも自分達は戦意があるかのように、高崎藩を前にして振舞っていたのではないだろうか。

「それでは、これにわが藩の第三番手百三十二人が加われば、およそ七百三十となりますな」

そう言う浅井集馬の顔には、今までの悲壮感が和《やわ》らいだように見える。

先ほどまでは会田孫之進と二人そろって、さてどうしたものか深刻な顔をしていたのである。

無理もない、高崎藩の第一番手と第二番手だけでは二百人ほどの兵数である。もし天狗党が反転して本気で攻撃してくれれば、砕け散ってしまう人数である。藤岡宿、吉井宿からの報告では天狗党はおよそ九百と聞いている。この時、高崎藩にとって、七日市藩、小幡藩の出兵ほど心強い知らせはなかったのである。

逆に、七日市藩、小幡藩の両首脳は、高崎藩の兵数が思ったよりだいぶ少ないので不安になった。

「会田殿、幕府の追討軍の状況はいかがでござるか」

小幡藩兵を率いる家老小倉又右衛門は、幕府軍が戦に間に合うのかが気になっていた。

しかし、会田孫之進の返事は、「のんびりと佐野か笠間あたりであろう」との返事である。安中藩や前橋藩の出兵についても知らせは来ていないという。

しばらく思案した後、会田孫之進は皆の前に広げた地図を差しながら、

「御一同、天狗党は本日、おそらく下仁田村にて宿泊するであろう。そして明朝から行軍をはじめ、明日は内山峠を越えるつもりであると思う」

と言った。一同、これには納得する。そして、会田孫之進は続ける、

「高崎藩のみであれば、明朝に白山口《はくさんぐち》と小坂峠から攻めかかるしかないと考えていた。しかしながら、七百を超える兵であれば他にも策が取れる。天狗党の九百人のうち、おそらく二百人くらいは人夫や女子供で戦力にはならないだろう。天狗党の浪士らは百姓や町人も多いと聞いている。そして、上州に入ってからは戦いを避けるように逃げ回っている。おそらく戦意も低いのではないかと思う。七百対七百であれば、こちらに十分に勝機がある。浅井殿、わが方の第三番手は、いつ頃こちらに着くかご存知か」

会田孫之進は、隣にいる第二番手隊長（小頭武者）浅井隼馬に聞いた。

「本日出発すると使いの者から聞いております。うまくいけば明日の朝には我らに追いつくかと」

「では、兵を二手に分けて、天狗党を前後で挟み込む策が良いと思う。前後から攻撃すれば互角、いや我が方有利の戦いができるであろう。天狗党の奴らを下仁田宿から南の余地峠、あるいは田口峠へ追い落とし、信州の山中、あるいは甲州に追い込めれば天狗党の浪士らはその先に窮するであろう」

会田孫之進は地図を示しながらそう言うと、一同の顔を見渡した。そして、特に異論もないことを確認しさらに続ける。

「おそらく、我らの出方を伺って、天狗勢は早朝からは攻撃を仕掛けてこないであろう。我らは高崎藩の第三番手が着くのを待って、明朝こちらから天狗勢に攻撃をしかける。もし、その前に天狗党が下仁田宿から南に逃げれば追撃に入る。一同、宜しいか」

と、会田孫之進は、七日市藩、小幡藩に同意を求めた。

この策に、七日市藩保坂正義、小幡藩小倉又右衛門らは、特に反論はしなかった。

そして、会田孫之進は、次に各藩の持ち場について話を始める。

「高崎勢は、明朝第三番手が到着次第、小坂峠と白山口を越えて下仁田宿に攻めかかる。小幡勢と七日市勢は、このあたりの地理に詳しい所から明朝早々に梅沢峠を越え下小坂に入り下仁田街道を先回りし、天狗勢がそちらに落ちていったら叩いてもらいたい」

下仁田宿は天領であるが、下仁田宿の手前の馬山は七日市藩領、そして下仁田宿の西の小坂は小幡藩領である。両藩とも、下仁田宿周辺の地理には明るい。夜中の行軍でも問題は無い。

しかしながら先程までの威勢はどこへいったのか、小幡、七日市の両藩は、小勢のため、また武器も乏しいと高崎藩の申し出に尻込みをする。両藩とも天狗党の軍勢を目のあたりにしているので、この高崎藩の策は、とても受け入れられるものではなかったのである。

両藩にとっては、高崎勢の数が思ったより少なかったことも不安であった。幕府の援軍もない。そして数が少ないのにも関わらず、高崎藩がこうも戦意が高いとは意外であった。

小幡、七日市の両藩は、後の幕府の追及を避けるための形ばかりの出兵で済めばそれに越したことはないのである。もし小坂で天狗党を迎え撃つ役回りであれば、この戦の最大の激戦地となる可能性が考えられる。

高崎藩と小幡、七日市藩の話し合いは難航した。

高崎藩にしてみれば、小幡、七日市の両藩の戦意を見て小坂峠からの攻撃を任せることに不安があったのだ。戦いに尻込みする可能性がある。もしそうなれば高崎藩は、倍以上の人数の天狗党の浪士らを下小坂で全て相手にせねばならない。

しかしながら、最終的には高崎藩が折れることになる。高崎勢が梅沢峠を越えて下仁田街道を先回りし、下小坂にて天狗勢を待ち構えることになった

小幡、七日市の両藩は、明朝に白山口と小坂峠から敵の後尾を襲撃することを約束したが、高崎藩は小幡、七日市両藩の戦意に大いに不安を持つことになる。

「一同、今夜は天狗勢の夜襲もあるやも知れん。くれぐれも警戒を厳重に。そして、明朝には出陣でござる」

と、会田孫之進は、話を切り上げた。

「おお」

と、声だけは勇ましくあげ、小幡、七日市の両藩の首脳は、おのおのの陣に帰っていった。

「会田殿、小幡藩、七日市藩は約束の通りに動いてくれますかな」

第二番手の浅井集馬は、小幡、七日市藩が示し合わせたように動いてくれるのか不安に感じている。

「幕府の手前もある、まさか我ら高崎勢だけに戦をさせることはないだろう」

会田孫之進は、自らの不安をぬぐい去るように言った。そして、

「もし小幡、七日市が動かなければ、我らだけで天狗党を相手にするまでよ」

と、自分に言い聞かせるように言った。その目は、天狗党がいる下仁田宿の方向を見ている。

小幡、七日市の両藩との打ち合わせの際、どれほど詳細な作戦計画を話し合ったのかは不明である。が、おそらくこの時の話し合いで、高崎藩は小幡、七日市両藩の戦意の低さを十分に感じることはできたであろう。それにもかかわらず高崎藩には、戦わないという選択肢はなかったのである。

高崎藩は早朝に行軍を開始した。早朝といっても朝の三時頃である。その日は満月であり、その満月の明かりが街道を明るく照らしていたとある。

会田孫之進は、行軍を開始する前に小幡藩、七日市藩の陣のようすを遠くから見た。すると、いくつかの灯りが陣の中で動いており、両藩とも約束通り行軍を開始するように思えた。孫之進は少し安堵した。

高崎藩の第一番手と第二番手は、時をずらせて行軍を開始した。行軍中に天狗党からの奇襲もありえるだろうと考え、一つにまとまることを避けたのである。

八　下仁田戦争

下仁田宿（現群馬県甘楽郡《かんらぐん》下仁田町）は、群馬県西部に位置する山村の集落である。高崎線の高崎駅から上信電鉄に乗ると、鏑川沿いに数両編成の電車が走る。その終点が下仁田である。（鏑川は、下仁田の南牧川合流地点より上流は西牧川とも呼ばれる。本書では西牧川と呼ぶことに統一する）

下仁田宿は、江戸時代に内山峠を越えて信州に入る下仁田街道（姫街道）と云われた中山道の脇往還で賑わっていた。善光寺詣の旅人なども多く通る街道であった。

下仁田といえば「ねぎとこんにゃく下仁田名産」と、上毛かるたにあるように、ねぎとこんにゃくが有名だが、文化二年（一八〇五年）の「ねぎ二百本至急送れ、運送代はいくらかかってもよい」との、江戸の大名からのものと思われる名主宛の手紙が残されており、当時からすでに、江戸においても下仁田ねぎが珍重されていたことが記録されている。下仁田ねぎが別名「殿様ねぎ」と呼ばれているゆえんである。

また下仁田こんにゃくの歴史も古く有名である。群馬に紀州からこんにゃくが持ち込まれたのは、室町時代までさかのぼると云われている。

その他に下仁田周辺の山間部の村々では、和紙の原料となる楮《こうぞ》を作り、農閑期には紙すきをしていた。下仁田のさらに奥の南牧村などの村々では、その作った和紙を下仁田の紙商《かみしょう》を通し江戸で販売しており、これが下仁田半紙と呼ばれ、すこぶる人気があったという。

下仁田宿は、当時は信州からの物資の集積地でもあり、鏑川の船運を使い大いに賑わっていたという。筑波勢の旗上げの際、はるか遠くの下仁田宿まで資金集めにきていたことからも下仁田宿の豊かさを想像することができる。

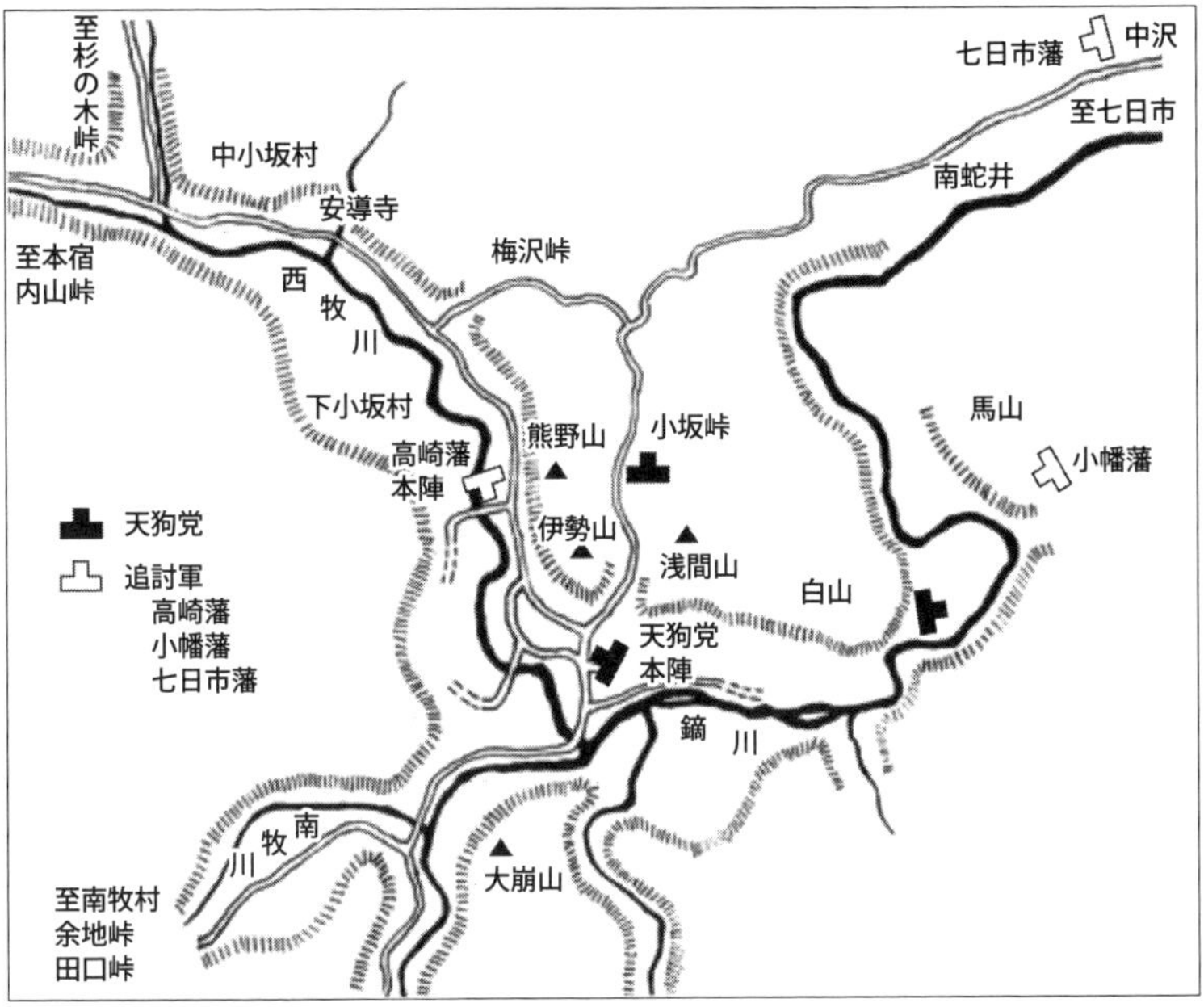

下仁田戦争図（著者作成）

資金集めといっても、例によって豪商や豪農から無理やり金をむしり取ったのである。下仁田付近では、およそ千六百両もの大金を徴収したとの記録がある。

その天狗党が吉井、七日市を通り、今や下仁田宿へ向かってきているとの知らせである。下仁田宿の人々は大いに震え上がった。代官所の役人は、昨日のうちに皆、姿をくらましている。

またさらに悪いことに、その天狗党を高崎藩兵が追撃しているとの知らせも入り、村が戦場にでもなったらと、下仁田宿は蜂の巣をつついたような大騒ぎとなった。そのため里長の有賀安右衛門は、桜井弥五兵衛に相談し、主だった村人を集め対策を考えることになる。

老人や女子供を避難させ、男達は村の警備にあたることはもちろん、天狗党に対して、下仁田宿に泊まらないで欲しいとの懇願をするために使者を天狗党の元へ送る。しかしながら、その使者達の必死の懇願も聞き入れられることはなく、天狗党の一行は下仁田宿にて宿泊することになる。

天狗党の軍勢は、南蛇井《なんじやい》村から小坂峠を越えて下仁田宿に入ってきた。小坂峠の旧街道には「元治元年十一月十五日水戸天狗党九百二十余名大砲を引いてこの峠道を越えて下仁田へ」との碑が現在も置かれている。

やがて里長の安右衛門の前に、武田耕雲斎と藤田小四郎が現れ、耕雲斎が、

「総大将の武田伊賀じゃ、何卒宜しく頼む」

と、辞を低くし、丁寧にお願いしたとある。

安右衛門は、もともと拒否できるはずもないが、甲冑に陣羽織を着用した二人のその五月人形のような見事な出で立ちと礼儀正しい丁寧な言葉使い、また二人に続く統率の取れた天狗党の軍勢の規律の正しさを見て多少安堵した。噂から、天狗党は無頼の徒の群れだと思っていたのである。

そして、これ以上宿泊を拒むことにより、浪士らの機嫌を損ねることを危惧し、ついに宿泊を受け入れざるをえなかった。これは、下仁田宿が始まって以来の歴史に残る大騒動である。

宿場の人々は、始めこそは恐れていたが、徐々に怖いもの見たさで見物する者も現れ、初めて見る千人近くの武者行列の鮮やかさに驚かされた。

桜井弥五兵衛宅を本陣とし、そこに水戸列公の御位牌と共に、総大将の武田耕雲斎、山国兵部、田

丸稲之衛門らが宿営し、藤田小四郎、竹内百太郎らは脇本陣の杉原五郎兵衛宅に宿営した。

天狗党の総勢九百二十五名が山峡の狭い下仁田宿に泊まったものであるから、村中が上を下への大騒ぎである。また馬の数は、なんと二百七頭におよび、下仁田宿始まって以来の賑《にぎ》やかさとなった。

山国兵部は、下仁田宿に入るとすぐに町役人らを呼び、周辺の地理について詳しく聞き取り地図を作った。さすがに、慣れたものである。

そして、その後、百姓町人に身を変えた浪士達が村の周辺をくまなく探索し、付近の地形なども確認した。また村周辺の要所要所に見張りを置き、下仁田宿へ出入りする者達を全て差し止めた。筑波や那珂湊での合戦経験から歴戦の天狗党の警戒に抜け目はない。

小坂、梅沢峠、白山村境、大崩などの数か所には、高崎藩からの攻撃に備え数十人の兵を置き、宿場の中には、終夜七十八名の兵を交代させ巡邏《じゅんら》させていたとある。

天狗党の浪士らは、明日は信州入りを予定している。もし高崎藩からの攻撃があるとすれば、今夜から明朝にかけてであると見ているので、宿場に入ったからと安心などしてはいられない。


夕食のあと、幹部らを集め、本陣の桜井弥五兵衛宅では軍議がもたれた。

「兵部、高崎藩は仕掛けてくると思うか」

耕雲斎が、茶をすすりながら山国兵部に聞いた。

「明日をすぎれば、我らは信州に入ってしまいます。おそらく、今夜か明朝には仕掛けてくるかと……」

そう言いながら山国兵部は腕を組み、地図をじっとみている。

「数はどのくらいと見る」

そう言いながら、耕雲斎も地図に目をやる。

「あの新町河原に百人ほどであったことから、どんなに多くても五百はおらんかと、おそらく二、三百ではないだろうか……」

「小幡藩や七日市藩は、兵を動かすと思うか」

耕雲斎は、小幡藩や七日市藩の動きが気になる。

「いや、それはあり得ないと思います。我々の軍勢を直接見ておりますすし、散々脅しておきましたから」

と、兵部は耕雲斎を見ながらにやりと笑った。そして、いつもの調子で、扇子で自分の頭をポンポンと叩いている。その扇子で地図を指し示しながら、

「二、三百程度の人数では、高崎藩の策は限られます。おそらく、小坂峠から申し訳程度に我らを追撃するか砲撃するのが精一杯でしょうな。我らは、今日の所は高崎勢の監視を怠らず、皆を早く休ませ明朝に備えれば良いかと思います」

「兵部、夜襲は、あると思うか」

耕雲斎が聞く。

「用心するには越したことがないでしょうな。しかし、吉井宿でも夜襲の動きはありませんでした。おそらくは、宿場を灰にしてまで我らと戦う覚悟はないものかと」

耕雲斎は、山国兵部の見立てに納得した。また、藤田小四郎や他の幹部達からも特に異論は無かった。

「御一同、今兵部が話したように、高崎藩からの攻撃があるとすれば、おそらく明朝であると思われる。宿場の周囲には十分に見張りを置いてある。また、偵察部隊も四方に出してある。今日の所は、安心して早く体を休め明朝に備えてもらいたい。但し、夜襲があるやも知れん、くれぐれもすぐに戦支度ができる様にしておいてくれ。良いな」

耕雲斎のその言葉に一同は納得し、各自宿泊先に戻っていった。

その夜、藤田小四郎は、なかなか寝付けなかった。その他にも、多くの兵が緊張のあまり寝付けずにいた。既に行軍を始めてから一か月以上経過している。今までは各藩との戦いを避けてきたが、明日の高崎藩との戦いは避けられそうもないと皆思っていたのである。

そして、ついに十一月十六日の朝を迎える。

元治元年（一八六四年）の十一月十六日は、今の暦に改めると十二月十四日にあたる。

山国兵部の考えていたように、高崎勢が夜陰に乗じ兵を動かしてきたとの知らせが入る。その知らせから、天狗党の陣中にほら貝と陣太鼓がけたたましく鳴り響く。浪士ら皆をすぐにたたき起こし、昨夜に準備させていた朝食をかき込ませる。腹が減っては、戦はできないのである。

高崎藩が本陣を置いた里見治兵衛の屋敷前
里見治兵衛宅の土蔵には、今も銃弾の痕が残っている

続いて、高崎勢が南蛇井村まで入ってきたとの知らせが入る。浪士ら一同は緊張する。小坂峠を越えれば、もう一キロほどで下仁田宿である。

小坂峠には、天狗党の軍勢四十人ほどが高崎藩の来襲に備えている。山国兵部は、すぐに応援の兵を送った。

しかしながら、高崎勢は小坂峠への本道を通らず、下仁田宿の西に回り込むように梅沢峠に向かっていったとの知らせが偵察の者から入る。そして、高崎藩第一番手は、梅沢峠にて天狗党の哨戒部隊十数人を蹴散らして下仁田街道に入る。この時、天狗党浪士らの激しい銃撃により、高崎藩に一名の死者が出ている。

高崎勢は、下仁田街道を下仁田宿の方向へ戻るかたちで、天狗党が本陣にしている桜井弥五兵衛宅からおよそ西へ七百メートルと離れていない下小坂村岩下に進出し、街道を遮る形で名主里見治兵衛の屋敷の前に陣を構えた。高崎藩は、堂々と天狗党を迎え討ち、信州に一歩たりとも入れないつもりである。

梅沢峠での緒戦を勝利したことで、高崎藩の士気はいやがおうにも上がっている。高崎藩士らは屋敷の前の桑畑を刈り取り、そこに大砲を据え陣を張った。

高崎藩の陣立ては、甲州流の陣立てである。第一線に足軽が鉄砲を持ち構え、第二線には刀や鎗を持つ徒士。そして、第三線には、働武者（上士）と四斤榴弾砲を据えて陣を構えた。その砲隊の指揮は、勝海舟の門に入り新式砲兵術を学んだ使番の堤金之丞がとる。

第一番手が里見治兵衛の屋敷の前に陣を構えている時、高崎藩第二番手は梅沢峠に差し掛かっており、第一番手に合流するために足を速めた。

この高崎勢の動きに山国兵部は驚いた。高崎勢は思いのほか大軍勢ではないのかと不安になったのである。安中方面から下仁田街道を通り、安中藩や前橋藩の援軍も考えられる。

確かに安中藩は、この二日前には天狗党が中山道を通るのではと、高崎まで兵を繰り出している。しかしながら、翌十五日には天狗党が藤岡から吉井に向かったとの知らせから一旦兵を戻している。その後、天狗党が下仁田街道から横川の関に向かう可能性があると考え松井田宿まで再出兵をしている。

さらに、安中藩は天狗党を高崎藩と共に追討すべきと判断し、松井田から下仁田方面へ兵を進める。十六日の夕刻のことである。しかし、この十六日の早朝には、高崎藩と天狗党の戦闘は、既に始まってしまっているのである。

前橋藩に関しては、下仁田方面への出兵の記録は一切ない。

山国兵部は各方面へ偵察部隊を出しており、小幡、七日市両藩の陣については、常に監視をさせていた。偵察からの情報では、七日市藩兵は、下仁田から四キロほど離れた中沢村におり、小幡藩兵にいたっては、下仁田宿から目と鼻の先の馬山村に陣を張り、白山峠にいる天狗党の浪士らと対峙している。

高崎藩が宮崎村で小幡藩、七日市藩と示し合わせた通りに事が進めば、小幡、七日市の両藩は天狗党の背後を襲撃する手筈であり、天狗党は下仁田にて前後を挟まれる危機的な状況となる。しかしながら、偵察部隊からの報告では、今のところ両藩とも、動く気配は見られないとのことである。

「兵部、高崎藩の動きをどう見る」

耕雲斎は、広げた地図を前に床几に座っている山国兵部に聞いた。

兵部は、腕を組みながらしばし思案している。そして、そのへの字に曲げた口を開く。

「高崎藩は、小幡藩と七日市藩を当てにしているのか、それともどこかに伏兵、あるいは援軍がいるのかも知れませんな。しかしながら、小幡藩と七日市藩は動くまい。もし仮にこの二藩が動いたとしても、大事にはなりますまい」

山国兵部は、さらに偵察を方々に送り、高崎藩の動きと敵兵の数を把握することに専念した。高崎藩の援軍、幕府追討軍、前橋藩、安中藩、さらには信州諸藩から援軍など、可能性を考えればきりがない。


明け方が近づくにつれ、徐々に偵察部隊から連絡が入り、状況が明らかとなってきた。

高崎勢の数は予想の範囲内の二、三百程度。その他の援軍らしきものは近くに見当たらない。仮に援軍がいたとしても、一気に目の前の高崎勢を蹴散らし、信州を目指せばよいと山国兵部は判断した。

ここで戦いを避け、高崎藩に後ろを見せて余地峠あるいは田口峠を目指せば、敵に背を向ける天狗党の軍勢は不利になる。逆に追撃する高崎藩は、ますます勢いをつけ、かさに懸かって追撃してくるものと考えられる。

山国兵部は、小幡藩、七日市藩が動いた時のため、念には念を入れ、後方に二百人ほどの兵を置き、三百ほどの兵で高崎藩を叩き、残りは本陣を固めることを策とした。耕雲斎や本陣に詰めている小四郎や他の天狗党首脳部もこれに同意する。

そして、

「さて、はじめるか」

と、まるで魚釣りにでもいくように山国兵部は腰を上げた。それを合図に天狗党本陣から、ほら貝と陣太鼓が一斉に鳴り響く。

小四郎は、先陣を任され本陣から出ていく小林幸八を呼び止めた。

「幸八さん、久しぶりの合戦ですね」

「筑波や那珂湊で散々に戦ってきたが、上州に入ってからは戦いを避けるように逃げ回っていた。これで少しは、皆の気持ちも晴れそうだ」

小林幸八は、今までのうっぷんを晴らしてやるぞと意気込んでいる。

「ほかの者も皆、そう口にしていましたよ」

と言う小四郎も、できれば出陣がしたいところである。

そんな小四郎の気持ちを察しているが、小林は小四郎には、若い者達の声を耕雲斎らの耳に入れるためにも本陣でどっしりと控えていてもらいたい。

「俺は龍勇隊と共に先陣を任されている。小四郎は、残念ながら本陣詰めだな。出番はないと思ってくれ」

「先陣が押し込まれたら出ていきますよ。既に準備は万端ですよ」

と、小四郎は自慢の鎗を手にしてしごいた。

「幸八さん、高崎藩は堂々と我々に合戦を挑んでいます。高崎藩の武士道に対しては、我々も我々の武士道で相手をするのが良いと思いますよ」

「俺もそう思っていたよ」

と言い、小林は小走りに駆けていった。

軍師山国兵部は、高崎藩が小勢であると確信している。

正面から先陣の小林らがまず攻め、そして、高崎藩の状況によって南の西牧川、北側の熊野山からの三方向からの攻撃を考えた。

前日に下仁田宿の者から聞いていた間道などの情報も役にたっていた。そして攻撃の部隊を以下のように定めた。

正面から　　龍勇隊
西牧川方面　正武隊
熊野山方面　奇兵隊

高崎藩の本陣を見下ろせる熊野山には、既に監視の兵を置いてある。

高崎藩が、最初の攻撃でひるんで退却してくれれば良いが、熊野山の偵察の者からの報告では、それはありそうもないと聞かされている。高崎藩の士気は高いようだ。

高崎藩は第二番手、第三番手の到着を待って攻撃に入るつもりであったが、そう都合の良いようにことは運ばなかった。高崎藩が小勢のうちにと、天狗党から仕掛けてきたのである。山国兵部に迷いはなかった。

天狗党の浪士らは、高崎藩本陣に向かって大砲を畑の中まで引き出し砲撃をはじめた。これに対抗するために高崎藩も大砲を撃ち返す。両軍の激しい砲撃戦が始まる。

この時、高崎藩は、天狗党が下仁田宿から東の小幡藩の陣の方に向かって砲撃する音も聞いた。小幡藩も打ち合わせの通りに動き出したと思い、高崎藩はこれにだいぶ勇気づけられた。

この初戦では、幸運にも高崎藩の何発かの砲弾が天狗党の先陣に命中し、それに怯《ひる》んだ敵兵に対し、鉄砲での攻撃と白兵戦を挑み、初戦は高崎藩が優勢に戦いを進めた。一時天狗党の浪士らは下仁田宿まで兵を引かざるを得なかった。

そして、この砲撃戦の最中に、ようやく高崎藩第二番手が本陣に合流している。いやがおうにも高崎藩の士気は上がった。

後は、小幡藩、七日市藩が約束していた通りに動き、高崎藩の第三番手が到着すれば、高崎藩はこの戦いを有利に進められる。

この時の砲声を、遠く一の宮付近で聞いた高崎藩の第三番手の先発隊は、その足を急がせた。

しかしながら、馬山村から兵を進め白山峠で天狗党と対峙していた小幡藩は、天狗党からの脅しともとれる砲撃を受け、進撃するどころか逆にはるか後方の一の宮の手前の神農原《かのはら》まで退却してしまい、中沢村にいた七日市藩については、貝のように閉じ籠もり全く動こうとはしなかった。

龍勇隊の先陣が小林幸八に率いられ、再度攻撃を仕掛けてきた。初戦はあくまでも小手調べであった。

天狗党の浪士達が白兵戦を仕掛けてきたのを遠くに見、内藤儀八が順次郎に声を掛ける。

「順次郎さん、行くぞ」

「おう」

と返事をし、順次郎が鎗を持って走り出す。

最年少の祭之介は本陣の守りを指示され、大砲方を守備している。走り出す順次郎の背中に、

「順次郎さん、ご武運を」

と大きく声を掛ける。

その声は順次郎に届き、順次郎は鎗を持った右手を高々とあげた。

そして、働武者二十五人とそれに率いられた足軽と徒士、合わせて八十名ほどが内藤儀八と順次郎に続く。

徐々に天狗党の浪士らとの距離が近づき、まずは鉄砲での打ち合いが始まる。双方とも火縄銃がほとんどである。

この時、東の空から太陽が昇り始め、太陽に向かって攻撃をする高崎勢にとっては不利な状況となった。そして、次第に白兵戦の間合いになりつつある。

銃撃戦の合間を縫って高崎藩兵は先祖伝来の鎗をしごき、徐々に天狗党の浪士らとの間合いを詰める。心強いことに腕に自信のある内藤儀八と順次郎がいる。そして、ついに本格的な白兵戦の幕が切って落とされた。

白兵戦となれば、鎧兜に身を固めた高崎勢が有利である。鎧兜を身に着けていない天狗党の浪士達は、鎗がかすめただけでも痛手をこうむる。

高崎勢は伊勢山の山麓まで天狗党を押し返す。しかし、天狗党は多勢であり、こちらが鎗や刀で手傷を負わせても、すぐに新手を繰り出してくる。そして戦いは膠着状態に入る。戦況の成り行きを本陣で見守っていた耕雲斎らは、床几に腰掛け戦況の報告を伝令の者から随時受けていた。

正面の高崎勢が勢いのあることを伝令から聞いた山国兵部は、予定の通りに、まず左翼に正武隊を繰り出した。そして、この部隊に西牧川の南から高崎藩本陣に向かって銃撃を始めさせた。

思わぬ方向からの銃撃に驚きながらも、高崎藩はこれに応戦する。しかしながら多勢に無勢、正武隊が西牧川を渡河することは防げなかった。

これにより、正武隊と高崎藩本陣までの距離は、五十メートルほどの距離となった。そして、この方面からの銃撃により、本陣はもちろん、先陣の内藤儀八や順次郎を援護する鉄砲隊も、側面から天狗党の浪士らに鉄砲で狙われだした。多くの鉄砲を駆使する浪士らによって高崎勢の被害が徐々に大きくなる。

本陣を守る第一番手小頭武者（隊長）の会田孫之進と偉二番手小頭武者の浅井隼馬は、

「第三番手が来るまで持ちこたえよ、もっと鎗を横から入れよ」

と、大声を張り上げ、必死に味方を鼓舞する。小幡藩と七日市藩が臆したのではないかと疑い始めたのだ。

高崎藩第一番手の働武者深井助太郎（十八歳）は、第三番手の隊長（小頭武者）深井八之丞の長男である。弟の直次郎も第二番手の大砲方として参戦している。助太郎は、弓を得意としており、弓を持ってこの戦に出陣している。助太郎は、先陣に加わり、本陣から繰り出して戦っている内藤儀八や順次郎らを、その得意の弓で後方から援護していた。

弓を放つ助太郎は、その甲冑も見事なことから、浪士らの鉄砲隊の絶好の目標にされた。そして、ついに助太郎は股を撃たれて立てなくなってしまう。それでも助太郎は、座りながら弓を撃ち続けた。やがて一発の銃弾がその胸を貫き、もはやこれまでと助太郎は自ら切腹して果てた。

第二番手働武者の小泉又三郎は、順次郎らに続き、伊勢山下まで繰り出したが、西牧川を越えてきた浪士らの側面からの銃撃により足を撃ち抜かれ、本陣まで人夫に背負われ戻ってきた。それを見た祭之助は、

「どうした又三郎」

と、慌てて又三郎に近づき、その傷口を見た。

「たいしたことはない」

と又三郎は強がっているが、かなりの深手であるようであった。又三郎の顔色も良くない。

「小泉様に知らせてくる」

と、祭之助は、又三郎が「余計なことはするな」と止めるのも聞かず、本陣から南の西牧川の方へ向かい走っていった。

又三郎の父、小泉小源治は第一番手働武者として西牧川を渡河してきた天狗党の浪士達を相手に白兵戦の真最中である。

「小泉様」

と、小源治を見つけた祭之助は大声で呼ぶ。

「どうした祭之助」

「又三郎が手傷を負いました。今本陣に戻されてきたところです」

「いらぬことに構うな。それより、こちらを加勢しろ」

「は、はい」

ついに祭之助の初陣である。突然の初陣であったため、幸いにも祭之助は、まったく緊張する間がなかった。

浪士らから鉄砲が乱射された後、その場に七、八人が切り込んできた。高崎藩は、祭之助を含め五名で迎え撃つ。

横にいる小源治が祭之助に大きく声を掛ける。

「祭之助、内藤殿との稽古を思い出せ、怯《ひる》んだら負けぞ」

祭之介は、「はい」と返事をしたつもりだったが、それは声になって口からでていかなかった。そして、祭之助の初陣がついにはじまる。

祭之助に向かって切り込んでくる浪士がいた。幸いにも相手は鎗ではなく刀であった。

祭之助は、心の中で内藤様との稽古を思い出せ、思い出せ、と何度も自分に言い聞かせていた。そして、相手が切り込んできたと同時に体当たりをした。相手は、祭之助よりも一回り以上大きい体格だったが、鎧兜を着た祭之助に吹っ飛ばされた。相手の刀は、鎧がはじいてくれた。その隙に、祭之助は、突きをくらわせようと鎗を前に突き出したが、かすめただけでうまく相手にかわされてしまった。二度目の突きを繰り出そうと思ったところで、相手は一目散に後ろを向いて逃げていってしまった。

天狗党の浪士らは、鎧兜を身に着けていない。身軽なため逃げ足は早いものだと祭之助は感心し、鎧兜を着ていては追いつけないだろうと相手を追わなかった。そして、初陣の緊張から放たれた祭之助は、新たな敵はと、あたりを見回した。

西牧川からの水戸浪士らの攻撃が数にものをいわせてくると、高崎勢は徐々に押し込まれてくる。その側面からの鉄砲での攻撃を受け、伊勢山下まで繰り出して戦っている内藤儀八や順次郎が率いる高崎藩の先陣にも死傷者が増えてきていた。

高崎勢は徐々に旗色が悪くなってきているが、数が多い天狗党相手に、まだ必死の白兵戦を展開して本陣から一歩も引く気はない。

「小幡藩、七日市藩は、何をしているのか」と、高崎藩本陣で指揮をとっている会田孫之進、浅井集馬らはいらつき声を上げる。しかし、戦が始まってしまっては、もうこちらから伝令を出すこともできない。

その時、本陣の北側の熊野山に新たな軍勢が現れた。現在の下仁田町歴史館のある高台のところで

熊野山から高崎藩の本陣（中央）を見下ろす

ある。

会田らは、ようやく約束通りに小幡藩が後詰にきたかと喜んだ。

しかし、その喜びもつかの間であった。熊野山からの軍勢から鉄砲を激しく高崎藩の本陣に撃ちかけてきたのである。この軍勢は、山国兵部が繰り出した武田魁介が率いる奇兵隊であった。

天狗党は火縄銃がほとんどあったが、ゲベール銃も持っていた。山国兵部は、特に熊野山に展開する部隊にはゲベール銃を集めていた。前日、偵察の者に土地の地理を調べさせた際、ゲベール銃であれば、熊野山から下仁田街道が十分に狙える距離だとの報告があったのである。火縄銃もゲベール銃もライフリングがないが、有効射程距離はゲベール銃の方が長いのである。

新手の浪士らの熊野山からの激しい銃撃であったが、気丈にも高崎藩の何人かが熊野山にとりつき登っていった。が、皆途中で鉄砲に撃たれてしまう。

この熊野山からの攻撃で、高崎藩の死傷者の数が一気に増えてしまった。

そして、ついに第一番手副官（使番兼目付）の堤金之丞が兜の前面を狙撃され即死する。その見事な鎧兜があだとなり、天狗党の浪士らに集中的に狙われてしまったのである。

この熊野山の上には、かつて大きな松の木があり、土地の人から狙いの松と呼ばれていたそうである。残念ながら戦時中に松根油を採るために伐採されてしまった。

この熊野山からの攻撃により、高崎藩の不利は決定的なものとなった。本陣の南の西牧川に加え、北側の熊野山からも攻撃されたことにより、今まで必死にこらえていた西牧川の戦線も崩れ、天狗党の浪士らが高崎藩の本陣になだれ込み始める。そして、本陣内での白兵戦がいたる所で始まる。

高崎藩第一番手の隊長会田孫之介は、副官の堤金之丞が敵兵の銃弾に倒れたのを目の前で見ていた。そして、天狗党の浪士らは、相変わらず熊野山から鉄砲を撃ちまくっている。南からは天狗党の浪士らが高崎藩の本陣を目指して切り込んできている。そして、周囲ではいたるところで白兵戦が始まっている。

ついに会田孫之介は、引き上げの陣太鼓を打たせせた。しかし、乱戦の最中《さなか》では、その音は藩士らの耳には容易に届かなかった。

会田孫之介は、

「もはやこれまで、後に続け」

と、馬にまたがり単騎で本陣から退却した。

会田孫之介の駆けだす馬を目にして、ようやく退却の陣太鼓に気づいた高崎勢が我先にと後に続く。高崎藩総崩れである。

高崎勢は、大砲の他、鉄砲、大小刀鎗など多くを打ち捨てての敗走となった。

伊勢山下付近にまで繰り出して戦っていた高崎藩の先陣は、その太鼓の音を耳にして振り返ると、本陣が南の西牧川、北の熊野山からも攻撃を受け、潰滅的な状況であることを知った。

内藤儀八は、その状況を見てすぐに決断をする。そして順次郎に声を掛ける。

「順次郎さん行くぞ」

順次郎は、儀八が天狗党の本陣に切り込むつもりだと、とっさに理解した。

「おう、耕雲斎の首を取ってやる」

と言って続く。

内藤儀八は、長刀を振りかざし、大島順次郎は先祖伝来の鎗をしごき、天狗党本陣に向かい下仁田街道を東に駆けだした。必死の切り込みをかけるつもりである。国友辰三郎ら、何人かの高崎藩士らが後に続く。

内藤儀八らは、既に本陣が壊滅的な状況になりつつある以上、退却して敵に討たれるより敵の本陣に切り込む覚悟を決めたのである。味方の退却のためにも少しは時間がかせげよう。

内藤儀八、順次郎らは、少ない人数で必死の切り込みを行う。内藤儀八と順次郎が先頭となり、儀八が長刀を、そして順次郎が鎗を振り回す。

さすがの歴戦の天狗党の浪士らも、死を覚悟したその勢いに道を開けてしまった。

この内藤儀八は、乱戦の中で儀八に切りかかってくる若武者の右手を切り落とした。顔を見るとまだ子供である。儀八は、高崎藩士内藤儀八であると名乗り、とどめを入れずに先を急いだ。

内藤儀八は、下仁田宿の中にあると思われる天狗党の本陣を目指し、下仁田街道をさらに東に走る。順次郎らも後に続く。

しかし、突出してしまった内藤儀八の前に五、六名の新手の浪士らが現れ、激しい斬り合いとなる。

「こやつ、使えるぞ用心しろ、鉄砲だ、鉄砲だ」

と、儀八は、遠巻きから鉄砲で狙われた。

内藤儀八は、高崎派戦死者の中で最も天狗党の本陣に近い所で討死をしている。その身には十か所以上の刀傷と腹部へ銃で撃たれた痕があった。


多勢に無勢の戦いである。

順次郎は内藤儀八の後を追ったが、気がつけば順次郎の周りも敵兵ばかりとなっていた。自慢の鎗で何人かの敵を突き倒したが、先を行く儀八を追わなければならない。とどめを刺す時間がない。

浪士ら四、五人に囲まれても、順次郎は、それをものともせず鎗を振り回す。その勢いに浪士らは、皆腰が引けてしまっている。

「どうした」

と、そこへ小林幸八が現れる。

水府流剣術を極めた元水戸藩の剣術師範である。

「小林様、こやつ相当な手練れです。もう何人も手傷を負わされています」

そう言った浪士も、右肩に鎌宝蔵院流の十文字鎗で手傷を負わされている。

「十文字鎗か、始末に悪いな。よし、俺が相手をしよう」

小林は、順次郎の前にすすっと歩《あゆ》み出ると、ゆっくりと刀を抜いた。そして、名乗りをあげる。

「水戸藩の小林幸八。水府流にてお相手いたそう」

「耕雲斎の首を上げに行くところだ。じゃまをするな」

と、順次郎は小林幸八に向かって鎗を構える。しばし互いに刀と鎗を構えて向かい合っていたが、その睨み合いから順次郎は小林の腕を認め、名乗りをあげる。強者は、強者を知るのである。

「高崎藩大島順次郎だ。鎌宝蔵院流の鎗でお相手しよう」

あれだけ激しく戦っていたのにも関わらず、息も切らしていないその落ち着いた口調から、小林は、順次郎が相当な使い手であることがわかった。その鎗を構えた姿に一分の隙も見られない。一歩足を踏み出そうものなら、たちまち鎌宝蔵院流の十文字槍の餌食になりそうである。

周囲の浪士らは、かたずを飲んで二人の勝負を見守っている。

凄まじい気合と共に、小林が刀の間合いに入ろうとするが、順次郎の鎗がじゃまをして入れさせない。逆に、激しく突かれ防戦一方である。さすがの幸八も順次郎の鎗が相手では分が悪い。

それを見かね、周囲の浪士らが加勢に入るが、順次郎が鎗を激しく振り回し追い払う。その隙に、小林が間合いを詰めようと踏み込めば、順次郎の体当たりを食らってしまう。

たまりかね、ついに浪士らは、鉄砲を持ち出してきた。数丁の鉄砲が順次郎を狙う。

「すまん、我々も京に急がねばならん、許せ」

と、小林が順次郎に言うと、

「気にするな、斬り合いでは勝てぬと思ったのであろう」

と、順次郎はにやりと笑うがいなや、凄まじい勢いで鉄砲を構える浪士らに飛び込む。たまらず浪士らは慌てて引く。

そこへ、小林と数名の浪士が切りかかり、再び激しい斬り合いとなる。小林の渾身の上段からの一撃も、キーンと音を出し順次郎の兜にはじかれ、手傷を負わすことができない。

そして、遠間から数発の鉄砲が順次郎へ向かって放たれるが、かろうじて順次郎の鎗の穂先に当たったことで弾道が変わり命中をまぬがれる。

そして、再び凄まじい勢いで順次郎が鎗を振り回し、浪士らに切り込む。しかし、そのあまりに凄まじさから、ついに鎗の目釘が飛んでしまった。先ほどの鉄砲の弾が当たった影響であろうか……

すかさず順次郎は刀を抜き周囲の敵と切り結んだが、そこを小林に飛び込まれ、中段から顔面を突かれる。致命傷にはならなかったが、流れ出した血が目に入りふらついてしまう。そこを最後は鉄砲により胸板を貫かれてしまい順次郎は、どおっと倒れた。

この順次郎の戦いぶりに、多くの天狗党の浪士らは、敵ながら、あまりにもあっぱれと驚嘆したという。

順次郎、自分の思っていたような最後を迎えられたのであろうか……。

天狗党の浪士達は、筑波、水戸方面の実戦経験から甲冑を着けている高崎勢に対して不利な白兵戦での切り合いを避け、小勢の高崎藩の兵を多勢で刀や鎗で囲み、最後は鉄砲で仕留めていくように戦いの最中に戦術を変えてきたのである。

ここでも、浪士らの数少ないゲベール銃が有利となった。

白兵戦においては、敵を追って動き回りながら銃を撃たなければならない。火縄銃は、火縄の火が間違って火皿に引火したり、火皿の火薬が落ちたり飛んだりするため、暴発の危険もあり火縄と火薬の管理は慣れないと難しい。

対するゲベール銃は、弾と火薬を詰めれば、あとは引き金を引いて火打石で出た火花で火薬に点火をさせるので扱いが簡単であり有利である。

退却の陣太鼓がなった時、西牧川の河原からの敵兵と戦っていた祭之助は、本陣後方の里見邸の物置小屋で医師の手当てを受けている又三郎のことが気になり駆け付けた。

「又三郎、大丈夫か」

又三郎は医師の治療を受けていた。

「大丈夫だ、俺の心配などせずにさっさと引け」

既に、周りには敵が押し寄せ、周囲でも白兵戦が始まっている。そこに又三郎の父小源治が来た。

「ここは良い。祭之助、早く引け」

「しかし、小泉様……」

そう言う祭之助に小源治は、

「世話になったな、若宮殿（若宮七郎兵衛：祭之助の実父、小泉小源治と同じ馬廻格五十石二人扶）に宜しく言ってくれ」

祭之助は、その言葉から小源治の覚悟を知った。しかし、なかなかその場を動こうとしない。

その場を離れない祭之助に対し小源治は、

「早くしろ、お前には他に役目があるだろう」

と、まるで父親のように大声で叱りつけた。それにより、ようやく祭之助はその場を離れる決心をする。

「又三郎、さらばだ」

と、祭之助はその場を後にする。

祭之助が離れたことを確認すると、小源治は、鎗を手に持ち物置小屋の前に立った。

そして、物置小屋の又三郎の方を振り向き、

「武士の戦い方を見せてやる」

と、一言いった。又三郎には、この時、父が笑みを浮かべたように見えた。

その後、小源治は押し寄せる天狗党の浪士達を相手に小屋の前で大いに奮戦する。が、最後には鉄砲隊の集中砲火を受けて倒れる。戦後確認した所、小源治の胸には、なんと三発の鉄砲傷があったという。

父親の見事な武者ぶりを見の前で見た又三郎は、小屋に入ってきた浪士達がからめとろうとしてきたが、座ったままで鎗を取り、浪士らと激しく渡り合う。又三郎に手を焼いた浪士らは、最後は鉄砲にて又三郎に二発の銃弾を浴びせる。又三郎の治療をしていた医師と人夫も、この時浪士らに一緒に討たれている。

又三郎と別れ里見邸から出た祭之助は、又三郎がいた物置小屋付近から、何発もの鉄砲の音を聞いた。(又三郎、見事な最後だ)と心の中で別れを言い、祭之助は足を速めた。

そして、祭之助は、本陣の前で榮三郎に出くわす。

「祭之助、無事か」

榮三郎は、息をきりながら祭之助の元へ走ってきた。

「俺は大丈夫だ、しかし又三郎が」

「又三郎がどうした」

榮三郎が、祭之助に詰め寄る。

「小源治さまと立派な最後を」

「それなら、何故涙する」

「知らん、涙が勝手に出てくるのだ。それより、順次郎さん達は……」

と言い、祭之助は周囲を見渡す。

「順次郎さん達は、耕雲斎の首を上げると言って、敵の本陣へ向かっていった」

と、榮三郎が目に涙をにじませながら言った。

「なぜ、一緒にいかなかった」

と、祭之助は榮三郎に対して語気を強めた。

「行こうとしたさ、でも、順次郎さんに、お前は足手まといだから早く引けと言われて……」

その時のことを思い出すと、榮三郎は涙を堪えられずぽろぽろとこぼし始めた。

「今からでも遅くない、後を追おう」

祭之介は、鎗を右手に走り出した。

「おう、又三郎の仇だ」

榮三郎も涙を拭きながら続く。

二人は又三郎が討たれたその悔しさから天狗党の本陣を目指し、下仁田街道を東に向かって駆けだした。すると、突然天狗党の浪士らが四、五人目の前に現れた。

いきなり斬り合いが始まるが、多勢に無勢である。周囲を浪士らに囲まれ乱戦の中、榮三郎が足に深手を負ってしまう。

さらにその時、遠間から鉄砲で狙われ、何発もの銃弾が二人の近くをかすめる。

慌てて、二人は、近くの茂みに飛び込んだ。幸い弾は当たらなかった。

「祭之介、お前はここを引け」

「何故だ、ばかを言うな」

榮三郎の足の傷はかなりの深手のようだ。みるみるうちに、血が滴り落ちてきた。

それを見た祭之助は、

「ふざけるな、お前と一緒にここで死んでやる」

と、祭之助は茂みから飛び出そうと立ち上がろうとした。

榮三郎は、それを引き留め、

「祭之介、お前は働武者だ、俺のような徒士とは違う。お前の死に場所はここではない。ここは俺の死に場所だ」

前述したが、榮三郎は五十石取り中小姓の竹内瀬左衛門の次男であるが、供小姓の関根家へ養子に入っている。

「それに、お前がここで一緒に死んだら、誰が俺の働きぶりを父上に話してくれるのだ」

そう言っている榮三郎からは、血がぽたぽたと滴り落ちている。祭之助は、榮三郎の覚悟を知った。

「わかった、榮三郎。だが悪いが、お前の父上には会うことはないだろう。一足先に行って待っていろ。死ぬときは三人一緒だと約束しただろ」

と、祭之助は、榮三郎の両肩に手をやった。最後の別れである。

浪士らが鉄砲を撃ちかけながら近づいてくる。

「いいな、俺が切り込んだら、お前は街道を西に目指せ」

そう言うと、榮三郎は鎗を杖代わりに立ち上がり、浪士らへ向かっていった。

深手を負っていた榮三郎ではあるが、最後の力を振り絞り、何人もの浪士らを相手に奮戦したが、やがて力尽き討たれた。

後述する首実検の場に、榮三郎の首は引き出されている。徒士の首は榮三郎のものだけである。榮三郎がいかに見事な戦いぶりであったかの証《あかし》であろう。

祭之助は、榮三郎が時間を稼いでくれておかげで敵の追撃からなんとか逃れることができ、下仁田街道を西へ向かった。

二人の友を亡くしたことから祭之助は、どこかで殿《しんがり》戦があるはずだと死に場所を求めた。


松蔵は危険を覚悟で、できるだけ高崎藩本陣の里見邸の近くの山の藪に身を隠し戦いの様子を伺っていた。松蔵の他にも、周囲には高崎藩の鎗持ちや人夫らが固唾《かたず》を飲んで戦いの推移を見守っている。人夫の中には、本陣内の白兵戦に巻き込まれ命を落とした者もいる。

やがて高崎藩本陣からの銃声に比べ、三方向から聞こえる天狗党の銃声が圧倒的に多くなり、遠くから見ている松蔵の目から見ても、高崎藩が天狗党に追い込まれているのは確かだった。

そうした中、高崎藩本陣で大きく陣太鼓が鳴り響き、松蔵が見下ろしている下仁田街道を何人かの騎馬武者が慌てふためき通り過ぎていった。高崎藩の指揮官であろうか。

その後、徒歩の高崎藩士や人夫らの姿も見えてきた。それにより、どうやら高崎藩は退却を始めたらしいことが松蔵にはわかった。高崎藩士らの中には、血まみれになり、今にも倒れそうな者も多くいる。

高崎藩兵は、敗走の途中で大砲を壊し、弾薬を焼き捨てたと見え、畑の中から一条のどす黒い煙が上がっていた。それが、高く天まで届くような勢いで登っていくのが印象的であった。

松蔵は、いても立ってもおられず、ついには山を駆け下り、危険をかえりみず、その煙を目指して走っていった。祭之助は、砲兵隊を守っている筈である。

天狗党の浪士らは高崎藩の退却を知り、多くの兵が高崎藩本陣に乱入してきている。本陣の周りでは、退却の陣太鼓が耳に入らず逃げ遅れてしまったのか、殿《しんがり》戦を挑もうとしているのか、僅かな高崎藩兵が至る所で白兵戦を展開しており、その周りには天狗党の浪士らが群がっている。

松蔵は、あたりを見回し祭之助を捜した。すると、後方で引き上げの途中に大砲方の周囲を守っている祭之助が目に入った。

「若様」

と、松蔵は大声をあげながら足を速め、祭之助に近づいた。

「松蔵、こんなところまで来るな。命が無いぞ」

「若様、無事でなによりです」

松蔵は、見たところ、祭之助が傷を負っていないようなので安心をする。

「さあ早く、既に皆、退却を始めております」

松蔵は、近くに立てかけてあった祭之助の鎗を手に取り、退却を促した。

「何を言う、ここが俺の死に場所だ」

その鎗を奪い取り、祭之助が言う。

「いいえ、ここではありません。残念ですが負け戦になった以上、一人でも多くのお味方を高崎まで返さなければなりません。それが若様のお役目です」

祭之助が街道の方へ眼をやると、傷を負った敗残の高崎藩士らが街道を西へ落ちていくのが目に入った。中には、鎗を杖代わりにした者や、人夫らに肩を借りて、ようやく歩いていく者もいる。

高崎藩本陣から下仁田街道を西へ安堂寺を目指し落ちていく高崎藩士らの中に祭之介と松蔵の姿があった。祭之助は、傷を負った藩士らを守りながら、追撃してくる天狗党の浪士らを警戒しながら落ちていく。

街道沿いには、逃げる高崎藩士らが捨てた、刀、鎗、鉄砲などが散乱し、また鎧兜までもが打ち捨てられていた。それを横目に見た祭之助の胸には、負け戦の屈辱感が怒りと共に湧き上がってきた。

何人もの知った顔の高崎藩士らが落ちていく。皆手傷を負っているが必死である。中には、良く知った顔の者もいるが、誰もが周囲に気を配る余裕などない。稀に祭之介と目が合う者もいたが言葉を交わすことはなかった。

その中に、本木家と付き合いのある先手足軽の小林勇三郎がいた。腰に深い傷を負っているようであり、痛みを堪えて必死に歩いている。

「本木様、ご無事でございましたか」

「ああ、幸い手傷も負っておらぬ」

祭之助は、自分と親子ほどの年の差のある勇三郎が、傷を負っているにも関わらず自分に気遣ってくれることを申し訳なく思った。勇三郎には、二人の子がいることも知っており、先代の時から本木家にちょくちょく遊びにきている。

(この傷では、やがて浪士らに追いつかれる。高崎まで無事に帰るのは難しいかも知れぬ)、と祭之助は思った。

こうしている間にも、祭之助らの後ろには撤退している高崎藩兵が皆必死の形相で下仁田街道を西に落ちていく。

そして、本陣での残存の高崎藩兵の掃討戦を終えつつある天狗党の浪士らが、下仁田街道を西へ落ちる高崎藩兵の追討に向かいつつあるのが見えてきた。浪士らが無事に信州に入るには、街道沿いから高崎藩兵を追い落とさなければならないのである。

それを遠くに見た祭之介は、ついに意を決した。

「さあ、お二人とも早く」

と、松蔵が急《せ》かすのを聞かず祭之助は立ち止った。そして、

「松蔵、ここが俺の死に場所だ。又三郎も榮三郎も見事な最後だった。俺もここで高崎藩士の散り際を見せる」

祭之助は、この場所で最後を迎える覚悟を決めたのだ。

「若様、それはなりません、なりませんぞ、なりませんぞ」

と、頼み込むように必死に食い下がる松蔵に、

「いや、俺は働武者だ。徒士や足軽とは違う。皆、必死に戦ってくれた。皆を高崎のご城下まで、無事に返すのが今の俺の役目だ。禄を多くもらい、ふだんから上士、上士と言われているのだ、それがあたりまえだ。今ここで何もせず逃げたら、俺は武士ではない。亡くなった父上にも本木家の跡取りではないと言われるであろう」

祭之助は、やおら松蔵に持たせている鎗を奪い取り、追ってくる天狗党の浪士らを迎え討とうと街道の真ん中に立った。


松蔵の目の前に、祭之助の養母おゆうの顔が浮かぶ。

子供のいなかった本木家の先代の金治とおゆうは、松蔵の子を村祭の時に一緒に連れていってくれるなど、人一倍かわいがってくれた。そのことを松蔵は思い出した。その先代夫婦の恩に報いるためにも、何としても祭之助を無事に高崎に帰したい。

しかし、死を恐れていない祭之助のそのすがすがしい顔、そして自分の息子より幼い祭之助のその見事な覚悟、これが武士という者の生き方なのかと、松蔵はついには諦《あきら》めるしかなかった。そして、意を決して、

「若様、その腰の刀を奥様にお渡ししたいと思います」

と、祭之助に言った。

「そうだな、宜しく頼む。天狗の奴らにくれてやるつもりはないからな。腹を切るのは脇差があれば

十分だ」

と、祭之助は、出陣の際に母から渡された本木家の先祖伝来の刀を松蔵に託した。

「本木様、代わりにこれを」

すかさず勇三郎が自分の刀を差しだした。やはり、武士の最後は二本差しで、と思ったのであろう。

その刀を差しだした手は、祭之助の覚悟を知り震えていた。

松蔵は、これが最後の別れかと思うと、祭之助の顔を近くに見ることができなかった。

そして、

「ご武運を」

と、涙を流し松蔵は振り返り、勇三郎を連れ西へ向かった。


下仁田街道は、幅二間ほどの狭い街道である。

祭之助は街道の中央に立ち、次々に落ちていく高崎藩士らを通した。深手を負っている者が多い。

皆、祭之助の顔を横目に見て落ちていくが、堂々たる甲冑を身に着けた若武者が頼もしく見えたに違いない。

やがて、高崎藩本陣での掃討戦を終え、一息ついた天狗党の浪士らが白刃を振りかざし祭之助の目前に迫ってきた。

幸い鉄砲を持った浪士が見えないことから、祭之助は身を隠すことなく、鎗を片手に堂々と街道の中央に立ち待ち構えていた。

さすがの天狗党の面々も、この負け戦にたった一人で挑もうとしている若武者を見てたじろいだ。

「高崎藩、本木祭之助である。鎌宝蔵院流の鎗の腕前をお見せしよう」

祭之助は、堂々と名乗りをあげ十文字鎗を構えた。追撃の天狗党の浪士は、五人を数えた。その中の隊長と思える侍がいきなり切り込んできた。あの小林幸八である。

幸八は、二手、三手と、切り込んだが逆にかわされ、祭之助の鎗が繰り出されてくる。祭之助の身に着けている鎧も小林幸八の刀をはじきとばし、祭之介の味方をしてくれている。

しかし、小林幸八も水戸藩の剣術師範である。祭之助の隙を一気について間合いをつめる。祭之助は、咄嗟に幸八の一撃を鎗の柄で防ぐ。そして、お互いの顔がわずか二十センチほどに近づく。

「その方、まだ子供ではないか」

幸八は驚いた。高崎藩の鎗の使い手と見ていたが、近くに見るとまだ子供である。幸八は、祭之介が周囲に気を取られたその隙に鎗をかいくぐり、下仁田街道を落ちる高崎藩士らを追撃する。何人かの浪士達もそれに続く。

祭之介は、逃がしてなるかと鎗を振り回しながら追撃し、浪士らと激しい斬り合いとなった。祭之助も幾つかの手傷を負わされるが、祭之助も浪士らを槍で突きまくり返り血を浴びた。

そこへ、さらに新手の浪士らが街道を追ってきた、

「何をしている、小林はどうした。まさか、討たれたのではあるまいな」

その部隊の隊長と思える浪士が言った。

「小林様は、既に先にいっております」

祭之助を囲んでいた浪士の一人が答える。

「まさかと思ったが、安心した」

その隊長と思える浪士は、祭之助の前でゆっくりと刀を抜いて向かい合い、名乗りをあげた。

「水戸藩の高岸又右衛門と申す。お相手いたそう」

「高崎藩、本木祭之助だ。この首をとって手柄にしてみろ」

両者はしばらく睨み合い、高岸又右衛門が一気に間合いを詰めて切り込んだが、祭之助の兜にはじかれ火花を散らす。その隙に、祭之助は鎗を何回か繰り出す。

繰り出す鎗を防ぎながら、又右衛門は鎗の間合いからすぐに離れた。

相手がかなりの腕であることを祭之助は確信した。まったく無駄な動きがない。まるで内藤儀八を相手にしているようだと、祭之助は顔に笑みを浮かべる。

と、又右衛門が遠間から一気に刀の間合いに飛び込み、顔面をめがけて突きを繰り出してきた。

咄嗟に祭之助は顔を傾け、それをかろうじてかわしたが、又右衛門の刃は、祭之介の頬から鬢《びん》にかけてを切り裂く。

その時、兜の緒も切られ、祭之助の頭から兜が落ちる。

「ご先祖様の大事な兜の緒が切れたではないか」

と、祭之助が顔から血を流しながらも平然と又右衛門に言う。既に死を覚悟しているその顔には笑みが見られる。

その顔を見た又右衛門は、相手がまだ子供であることがわかった。

元服が終わったばかりではなかろうか。そして、小林幸八がなぜ相手をせずに先を急いだかの理由も理解できた。

何とかこの若者を殺さずにすむことはできないか……と又右衛門は祭之助と睨《にら》み合いながら思案した。

しかし、自ら殿《しんがり》となって一人で戦っているのだ、逃げろと言って、すなおに逃げる相手にはとても思えない。しかも気を抜くと、死を覚悟した祭之助の鎗の穂先がこちらに向かってくる。まったく気が抜けない。

「お前みたいな若い者を斬る気はない、命を無駄にするな。もう十分に高崎藩士の意地を見せてもらったぞ。早くここから引け」

と、又右衛門は言った。

「ふざけるな、尋常《じんじょう》に勝負しろ」

と、祭之助が言ったところで、不覚にも切り込んできた又右衛門に祭之助ははじき飛ばされ、そして街道の下に転げ落ちた。

下仁田街道は、山筋に沿っている街道である。西牧川に面する街道は、所々切り立っている部分がある。

「頑固な奴だ、こんなところで死ぬな」

と、又右衛門は街道下に転げ落ちた祭之助を見下ろして言い、先を急いだ。

他の天狗党の浪士達も、この若武者は殺すに惜しいと街道下の祭之助を横目に見て走り抜けていく。

祭之助は、なんとか街道に這い上がり、新手の浪士らを迎え撃とうと再び街道に立ち、浪士らを待ち構えた。既に、多くの手傷を負って全身が血にまみれている。しかし、その目はまだ死んでいない。そんな成り行きなど知らない新手の天狗党の浪士らが街道を駆けてきた。そして、遠間から鉄砲で祭之助を狙う。

そして、ついに二、三発の鉄砲が祭之助に向かい放たれた。

「若様」

その時、あわやというところを松蔵が大声を出して街道に飛び出した。

松蔵は、祭之助と別れた後、しばらくして勇三郎から祭之助を最後まで見守ってくれないかと涙ながらに言われ、最後まで見届けるのが役目と、本木家先祖伝来の刀を勇三郎に託し、危険を承知で街道筋の藪の中に身を隠していたのである。

松蔵は、物陰から涙を流しながら祭之助の戦いぶりを目に焼き付けていた。しかし、鉄砲で狙われていた祭之助を見て、ついにたまらず大声を出し街道に飛び出してしまったのだ。

祭之助は、その声でとっさに振り向いたため致命傷にならなかったが、祭之助の脇から胸に一発の銃弾が当たった。そして、一発が松蔵の左肩をかすめた。

「松蔵、何をしている、逃げろ」

と、祭之助のその声に松蔵は、とっさに河原の方向へ転げ落ち、やぶの中に逃げ込む。幸い深手ではないようだ。

それを見た祭之助は、

「水戸の天狗の刀や鎗は飾りか、百姓相手に鉄砲を撃つのか、山に入って鳥でも撃ったらよかろう」

と、最後の力を振り絞り、鎗を頭上で振まわし必死の形相で浪士らに向かっていく。そこへ、再び浪士らから鉄砲の連射があり、一発の銃弾が祭之助の胸を貫く。そして、ついに祭之助は路上に崩れ落ちた。


高岸又右衛門は、後方で何発かの鉄砲の音が聞こえたことから足を止め、その一部始終を振り返って見ていた。そして、咄嗟に駆け戻り祭之助を抱き起した。

「この頑固者が」

と、声を掛ける。

「高崎藩士本木祭之介だ、何度も言わせるな」

と、息も絶え絶えに祭之助は名前を名乗るのが精一杯であった。そして、自ら目を閉じた。

介錯を待っている、と思った又右衛門は、涙を流しながら祭之介のその細いのど元を突いた。これ以上苦しませずに最後を迎えさせたのである。

みるみるうちに祭之介の顔から血の気が引いていき、祭之介が「ふう」と小さく息をついたように見えた。その死に顔は、もう思い残すことはないと安らかであった。祭之介は、思った通りの最後を迎えられたのか……

祭之助が奮戦した下仁田の旧街道
高崎藩の撤退した方向から高崎藩の本陣の方向を見る

「高岸殿、首はどういたす」

祭之介と又右衛門を囲んでいた浪士の一人が又右衛門に聞いた。

「敵とはいえ、これほど見事な働きをした若侍をこんなところへ打ち捨て、カラスや野犬に食わせるわけにはいくまい」

と又右衛門はやおら脇差にて祭之助の首を落とし、そして自らの陣羽織を脱ぎ、その首を丁寧につつみ、天狗党の本陣へ足を向け戻っていった。

松蔵は、河原の下から、祭之助の首が浪士らに持ち去られるのを見て、その恐ろしさのあまり足が震え、ふらつきながらもその場を後にするのが精一杯であった。

祭之助は、全身に鎗や刀で受けた傷六か所、鉄砲二発を受けて倒れたと、戦後の高崎藩の記録に記されている。

本陣へ戻ると、首を持った又右衛門の姿を見た山国兵部が声を掛けた。

「どうした又右衛門、手柄を上げた割には浮かぬ顔だな」

「山国様、高崎藩はこのような子供まで駆り集めて戦《いくさ》をしています。すでに我々は敵の本陣を落とし、今は、街道筋を退却する高崎藩士達を追撃しておりますが、もはや勝負はついております。早々に兵を引き、先を急がれたらいかがでしょうか」

又右衛門の目は、涙でうるんでいる。

そんな二人のやり取りを横で聞いていた耕雲斎が口を開く。

「よかろう、早々に兵を引くように指示しよう。又右衛門、そなたの倅も、この若武者と同じくらいの年頃だな」

耕雲斎は、又右衛門の心を察した。

「後ほどその若武者の働きぶりをわしに教えてくれ。冥土の土産としたい。孫の金次郎（耕雲斎と共に西上、この時十六歳）にも、聞かせてやりたい」

後に耕雲斎は、敦賀で処刑される前、祭之介の戦いぶりを浪士らにしきりに話していたと記録にある。

その頃、高崎藩第二番手使番兼徒士頭（副官）浅井新六は、騎馬で下仁田街道を西に退却しており、安堂寺の集落に差し掛かっていた。後ろを振り向くと、多くの敗残の高崎藩士や人夫らが続いてきている。中にはかなりの深手を負い、人の肩を借りてやっと歩いている者の姿も見える。

第一番手の隊長である会田孫之進、二番手の隊長、浅井隼馬らは既にこの場を馬に乗って走り去っており、今頃は杉の木峠を敗走しているものと思われた。

浅井新六はおもむろに馬の脚を停め、馬から降りると従者と鎗持ちに、

「負傷している者を馬に乗せ早く引け」

と、命じた。

浅井新六の従者が、

「浅井様は……」

と聞くと、

「わしにはもう馬など必要ない。戻ってこなくともよい、早く先を急げ」

と言って刀を抜き放ち、街道の東を向いて仁王立ちをする。そして、

「ここでわしと共に、高崎藩士の死にざまを見せてやる者はおらぬか」

と、大きな声で周囲に呼び掛けた。浅井新六、この時四十八歳である。

すると、「おう」という声と共に、二十人ほどが集まってきた。本陣を退却するのを最後まで拒んでいた者達である。

既に手傷を負っている者も多いが、皆、ここを死に場所と覚悟を決めた顔をしている。

浅井新六ら二十人は、勝ちに乗じて追撃してくる天狗党の浪士達に対し、この安堂寺にて最後の戦いを挑むことになる。下仁田街道から杉の木峠へ退却している味方のため、少しでも多くの時間を稼

ぐつもりである。ここを破られると、敗走している高崎勢が勝ちに乗じた天狗党の浪士らにどこまでも追撃され、ますます犠牲者が増えてしまうからである。

高崎藩士らは、近くの民家から大八車や目についた木材などを引き出し、街道沿いに並べ盾とした。そして、次々に退却してくる負傷した藩士らを通し、天狗党の浪士らを迎え撃つ体制を整えた。

街道を追撃してくる天狗党の浪士らは、およそ三十人。高崎藩士らが街道上で待ち構えているのを見て慎重に歩を進めてくる。

やがて浪士らは、鉄砲を撃ちかけて攻め寄せてきた。

高崎勢の鉄砲隊は、既にほとんどが杉の木峠に向かって敗走をしており、この安堂寺ではわずか数丁ほどの鉄砲しかない。鉄砲の撃ち合いでは、とても敵《かな》わない。高崎勢は、刀や鎗を手に持ち、障害物や民家の陰に身を隠し白兵戦の機会を伺う。

そして、浪士らを十分引き付けた所で、浅井新六から「かかれ」との声がかかり一斉に浪士らに斬りかかった。

浪士らは、あまりにも大勢の高崎藩士らが切り込んできたため虚をつかれた。そして、高崎藩士二十人と天狗党の浪士ら三十人との激しい乱戦が始まる。

浪士らは乱戦での同士討ちを恐れたため、鉄砲を思うように使えず、鉄砲を置いて刀や鎗での勝負となる。

数が少ない高崎勢であったが、味方の退却を助けなければならないとの強い目的意識から皆が奮戦し、浪士らを二度三度と押し返すことに成功した。重い鎧兜ではあったが、白兵戦では十分に効力を発揮している。

この諸戦で高崎勢は浪士二人を討取り、他の浪士らにも多くの手傷を負わせている。高崎勢も一名の戦死者をだしているが、高崎藩士達とそれを率いる浅井新八は、大いに高崎藩の意地を見せたのである。


しかし、天狗党の浪士らも必死である。街道筋の安堂寺から何としても高崎勢を追い払わなければ信州にたどり着くことができない。

浪士らは、新手の鉄砲隊を後方から呼び寄せ、西牧川の南からも撃ちかからせた。

この新たな鉄砲隊と街道筋からの攻撃との二面攻撃にさらされ、ほとんど鉄砲の備えのない高崎勢は苦境に立たされる。

さらに浪士らは、本陣から砲四門を畑に引き出してきて安堂寺に向けての砲撃を始める。

高崎勢は、砲撃と銃撃を避けるために民家を盾に引き籠もり、そして、隙あらばと見れば、白刃を振りかざし白兵戦を挑んでいく。

既に死を覚悟している高崎藩士らの必死の防戦により、戦いは一進一退となる。

白兵戦での高崎藩の手強さに業を煮やした浪士らは、高崎藩士らをあぶり出そうと、ついに民家に放火し、炎の中にて壮絶な白兵戦が展開されることになる。

「浅井殿、浅井殿」

と、乱戦の中で浅井新八を呼ぶ声が聞こえた。

「なんだ、どうした」

と、浅井新八が大声で応えると、

「既に味方の引き上げには十分に時間がかせげたと思います。ここはそろそろ引き上げを」

と、この年六十歳の第一番手働武者松下善八が駆け寄ってきた。既に傷を負っている。

「松下殿、お言葉はありがたいが、拙者はここが死に場所と決めている。そなたこそ引かれよ」

「浅井殿、拙者は今年で六十歳、もはや思い残すことは何もない。是非殿《しんがり》の手柄を立てさせてください」

と、松下善八も既に死を覚悟している。

「では、松下殿、拙者と共に」

浅井新六が応える。

そこへ、第二番手大砲差手方（大砲部隊の長）岩上主鈴が鎗を片手に、

「拙者もお供いたす」

と、つかつかと歩み寄ってきた。本陣の退却時に藩の大事な大砲を自ら壊し、弾薬を焼き捨てての退却に悔しさと責任を感じ、何としてももうひと働きと討死の覚悟を決めたのである。

浅井新八は二人と顔を見合わせ、そして笑みを見せた。

「では、高崎藩士の死にざまを見せようぞ」

と言い、後ろを振り向くと、

下仁田宿方面から安堂寺方面を見る（高崎藩兵撤退路）
写真中央部付近が激戦地である。

「引け、引け、退却だ、退却だ」

と何度も大声をあげた。その声により、高崎勢は退却を始める。

浅井新八、松下善八、岩上主鈴は、その場にとどまり殿として最後まで奮戦し、見事にその役目を果たしている。

この安堂寺での白兵戦は、朝の八時頃からおよそ二時間続いたと云われている。

戦いは熾烈さを極め、高崎藩士も大いに意地を見せている。

本陣での高崎藩の退却の際、多くの鉄砲が付近に打ち捨てられていたとあることから、安堂寺での高崎藩士らは、ほとんど鉄砲での応戦はできなかったものと思われる。高崎藩士らは、死を決した激しい白兵戦で浪士らを迎え討ったのである。

高崎藩の戦死者は、部隊を指揮した浅井新六を含め四名であり、浅井新六の遺体は、その後民家の焼け跡から発見されている。戦後、その体に太刀傷も確認されていることから、燃え盛る炎の中で激しい白兵戦を最後の最後まで繰り広げていたことがわかる。

この戦いでの高崎藩の戦死者の中に松下善八六十歳がいる。六十歳といえば当時は既に隠居をしている年齢である。しかも善八は、既に癌に侵され床に伏していたという。戦場で死ぬことが本望であると自ら出陣を願いでて、そして見事に本懐を遂げたのである。子のない善八は既に養子も迎えており、思い残すことは何もなかったのであろう。

この戦いでは、天狗党も四名の戦死者をだしている（この戦いで深手を負い内山峠で死亡した荘司幸三郎を含む）。多勢に無勢の中で、高崎藩の武勇を大いに見せつけた戦いであった。

この時の高崎藩士の奮戦ぶりは、敦賀で天狗党が投降した後にも語り続けられたとある。

九　そして、戦いのあと

戦いは早朝に始まり十時頃まで続いた。

高崎藩の記録では、「旭日人目を眩し、我兵為に大いに苦む」とある。

現在の暦で十二月中旬であれば、日の出の時刻は六時四十分頃である。山間部の下仁田であれば、日の出は七時くらいではないだろうか。おそらく、戦闘は朝六時を過ぎた頃から始まったものではないかと思われる。

高崎藩の本陣であった里見治兵衛の屋敷は、残念ながら明治十六年の火災により母屋が焼失してしまっているが、かつては、この激しい戦いにより母屋の柱、鴨居、梁などに多くの弾痕が残っていたとある。

現在は、当時の土蔵がそのまま庭先に残されており、多くの弾痕を確認でき、その時の戦いのすさまじさを想像することができる。

この戦いにおける高崎藩側の戦死者は、三十六人である。（間諜一名と、巻き添えになった二名の医師と人夫三名を含む）
戦後、高崎藩にて、これらの遺体についての検証が行われている。そして、二十名以上の高崎藩士の戦死者について、鉄砲で撃たれた傷が致命傷であったことが確認されている。
このことから、天狗党の浪士らは、白兵戦で鉄砲を多く使用した戦い方をしていたことがわかる。筑波、那珂湊などでの実戦経験から学んでいたのであろう。
高崎藩士の遺体では、何発もの鉄砲の銃弾を受けた遺体もあり、中には四発の銃弾を受けた者もある。四発の銃弾を同時に受けたとは考えられないことから、何発もの銃弾を受けても、その高崎藩士はひるむことなく敵に向かっていったのである。まさに、高崎藩士の鬼神のような執念を感じざるをえない。

天狗党の浪士らの被害であるが、信州平賀村（佐久市平賀）の名主の報告では、宿泊者が八百四十五人となっており、下仁田宿の宿泊から八十人ほどの人数が減っている。これを持って、天狗党の戦死者の数が八十人と考えるのには少し無理がある。下仁田宿での戦いは、天狗党が西上を始めてから初めての激戦であり、このままさらに行軍を続けることを恐れ、脱走した者も数多くいたであろうと考えるのが自然である。

しかしながら、その名主の報告では、八百四十五人のその中に「手負之者七十三人、極重手之者十八人」とある。

また、いくつかの資料には、中小坂村にて天狗党が同行不能の重傷者七名を途中で焼き捨てたとの届けが村名主より出ているとある。従って、はっきりしている天狗党の戦死者の数は、下仁田で討死した者と合わせて少なくとも十二人である。

いずれにしても下仁田での戦いでは、天狗党側にも大きな損害があり、高崎藩の一方的な負け戦ではなかったことだけは確かである。それは、天狗党が下仁田宿の次の本宿で宿泊したことからもわかる。下仁田宿から本宿までは、わずか七キロ程度の距離である。

この機会に、高崎藩や安中藩、また幕府追討軍などからの追撃も考えられ、上州に留まることによる危険性が十分に考えられたが、あまりにも激しい下仁田宿での戦闘のため天狗党の浪士らの負傷者も多く、また疲労もあり、その日のうちに峠を越して信州に入るのをあきらめざるをえなかったのである。

安堂寺の戦いでの三人の死者と、その戦いでの傷がもとで亡くなった一名の死者。それに続く五人めの浪士の戦死者として野村丑之助《うしのすけ》がいる。

丑之助は、父親と共に小四郎らの筑波蹶起に参加したが、父親は既に那珂湊の戦いで命を落としている。この時、まだ十三歳である。

丑之助は、本陣の田丸稲之衛門から桜井邸に留まるように言われていたが、砲声や鉄砲の音が耳に入ると、その若さからか、はやる気持ちを抑えることができずに、刀を片手に持って本陣を飛び出していってしまった。

下仁田街道を西に走ると丑之助は、運が悪いことに、浪士らを振り切って天狗党本陣を必死の形相で目指す血にまみれた高崎藩士と鉢合わせとなった。内藤儀八である。

既に述べたが、内藤儀八は、高崎藩では誰もが知る小野派一刀流の使い手である。

丑之助は、すぐに刀を抜いて儀八に斬りかかるが、それを軽くかわされ、儀八の長刀の一刀のもと、右腕を切り落とされてしまった。

しかし、その顔立ちを見るとまだ子供であると思い、儀八はとどめを刺すことを躊躇し、天狗党の本陣を目指し走り去っていった。

その後、丑之助は倒れて意識がもうろうとしていたところを味方によって助けられ、本陣へ運びこまれてきている。

本陣で、ようやく気がついた丑之助であったが、体の自由がきかず、これではこの先足手まといになると、潔く切腹を申し出た。

右手は儀八に落とされており、左手になんとか脇差を持っての切腹であった。しかし、いざ切腹という時、丑之助は介錯をしばらく待ってほしいと言い出した。

「この場に及んでどうした」

と聞かれたところ、

「首まで垂れ下がった髪を束ねるまで待ってもらいたい。これでは、うまく首が落とせないでしょう」

と言って、髪を結って切腹の場に臨んだとある。


戦いが終わると、武田耕雲斎らは、本陣の桜井弥五兵衛宅の前にて、戦場で討ち取った首級《しゆきゆう》の首実検を行った。

討ち取った高崎藩士らの首は、洗って清められのち筵《むしろ》の上に並べられ、その前に古式にのっとり甲冑で身を固めた武田耕雲斎が床几に腰をかけ、山国兵部、田丸稲之右衛門、藤田小四郎らが列座した。

生け捕りとなった高崎藩士ら七人は、桜井弥五兵衛宅の庭に捕縛《ほばく》されていたが、準備が整ったところでその場に引きだされてきた。捕虜となった高崎藩士らは皆深手を負っており、一人で歩くこともできない者もいる。中でも高月鎗三郎は、激しい組み打ちで両腕を骨折しており、田上繁蔵は銃弾を受け動けなくなったところを捕らえられている。

捕虜の高崎藩士らは、耕雲斎らに向かって左側に座らされ、それぞれ名前を名乗らせられた。

その場で、共に戦った九《ここの》つもの首が筵の上に並んでいるのを見た捕虜の高崎藩士らは、あらためて高崎藩の敗戦を自覚させられることになる。

どれも皆、良く知っている顔である。数に勝る天狗党の浪士らを相手に最後まで立派に戦ってくれたことに感謝こそすれ屈辱感はない。そして、自分らもすぐにそちらに行くぞ、と心の中で思ったに違いない。


天狗党の薄井督太郎が、ひとつひとつの首級の名を捕虜の高崎藩士に確認し、その名を記入した紙を頭髪に付けていく。そして、その首級をあげた浪士に褒美《ほうび》を与えた。

高崎藩の士分（働武者）二木助五郎が薄井督太郎に対応するが、助五郎も浪士らとの戦いにより全身に幾つもの深手を負っている。

「この首の名は」

薄井督太郎が討ち取った首の名を聞いていく。

「使番、堤金之丞殿」

「この首の名は」

「別手廻《わけてまわり》　大島順次郎殿」

助五郎は、淡々と応えていく。

「この首の名は」

「働武者　本木祭之助殿」

「この首の名は」

首実検が行われた天狗党本陣跡（桜井邸）
母屋は建て替えられているが、蔵などは当時のものが残されている

「働武者　二木千代之助殿」

　ここで次の首級の確認をしようとする薄井督太郎を、耕雲斎が右手で制する。そして助五郎に聞く。

「確か、そなたも二木といったな」

「倅でござる」

　と、助五郎は一言いっただけで、表情をまったく変えることなく平然としている。

　天狗党の浪士らがざわついた。

　浪士らの中には、親子で参加している者もいる。敵とはいえ、この残酷ともとれる場に、多くの浪士らはいたたまれない気持ちになった。先ほどまで刃を交えていたが、もともと恨みがあって戦った訳ではない。

　この状況に、薄井督太郎は次の言葉が発せられず、首実験の場が止まってしまっている。

　たまらず、そばにいたにいた竹内百太郎が、

「次の首の名は……」

　と、助五郎に聞くことにより、ようやくその場を

進めることができた。

その竹内百太郎は、当時十七歳の長男を那珂湊の部田野《へたの》の戦いで亡くしている。おそらく周囲の好奇な視線から、助五郎を早く解放してやりたかったのであろう。


こうして、首実検の場は終わった。

息子千代之助に、首実検の場で対面した助五郎の心中を察することはできない。が、高崎藩士の武士道とは何かを、天狗党の浪士らに大いに見せつけた場となったのは確かである。浪士らは、わずか二百ほどの兵で、高崎藩士が堂々と戦いを挑んできたことを十二分に理解することができたのである。

最後に耕雲斎から、「皆、手厚く葬るように」と指示がなされ、首は酒樽に入れられ、下仁田宿の専修院本誓寺に埋められた。

そして、本陣から南へ数百メートルの所の鏑川の青岩《あおいわ》河原にて、助五郎ら捕虜達の処刑が行われた。現在の青岩公園と呼ばれているところである。
河原には畳が敷かれ、捕虜の高崎藩士らは、畳の上に身分の順にて列座させられた。
戦が終われば共に武士である。敵兵でも誠にあっぱれな戦いぶりであり、皆深手を負っている。武運つたなく捕虜となったことを哀れに思い、十分の者は切腹の形をとっての処刑となった。(医師の中村俊達も本人の希望により切腹の形をとっている)
天狗党の浪士らは、無事に京までたどり着けたとしても、その後のことは何ら保証されているわけ

高崎藩士らの切腹が行われた青岩《あおいわ》公園を見下ろす

ではない。この処刑の場において、明日は我が身かも知れぬと、身につまされる思いがした者も多かったであろう。

本来、首実検の場は論功行賞の場であり、戦いの勝利を讃える場となるはずである。しかしながら、天狗党の浪士らにとっては、なんとも言えない後味の悪さを残した場となった。

天狗党は、下仁田での戦いの後、信州和田峠にて諏訪藩、松本藩とも合戦を行っているが、そこでは首実検が行われたとの記録は見られない。西上を急ぐ必要もあったのだろうが、下仁田での首実検が戦意高揚に繋がらなかったことが、その理由にあるのではないだろうか。

下仁田宿での戦いが終わり、天狗党の一行は信州に向かうが、その日は下仁田宿からおよそ七キロ先の本宿村にて宿泊する。そして、翌十七日に内山峠を越えて信州に入ることになる。

下仁田戦争での高崎藩の戦死者三十六人は、以下の通りである。

首実検の後、千住院に葬られた首級

堤金之亟　第一番手　使番兼目付　行年四十二歳

大島順次郎　第一番手　別手廻　行年二十九歳

筧潤助　第一番手　大砲方　行年三十歳

二木千代之助　第一番手　働武者　行年二十二歳

本木祭之助　第一番手　働武者　行年十五歳

近藤左平　第一番手　働武者　行年三十歳

内藤儀八　第二番手　働武者　行年二十歳

国友辰三郎　第二番手　働武者　行年二十七歳

関根榮三郎　第二番手　徒士　行年十六歳

（従者　亀吉の首も専修院本誓寺に葬られている）

その他戦死者

岩上主鈴　第一番手　大砲差手方　行年三十五歳　安堂寺にて討死

小泉小源治	第一番手	働武者	行年四十六歳	
深井助太郎	第一番手	働武者	行年十八歳	
松下善八	第一番手	働武者	行年六十歳	安堂寺にて討死
和田吉太郎	第一番手	大砲方	行年二十四歳	
吉田友七郎	第一番手	働武者	行年三十九歳	
反町利喜蔵	第一番手	甲士徒士	行年五十一歳	安堂寺にて討死
斎藤鉄右衛門	第一番手	先手足軽	行年五十三歳	
落合伝助	第一番手	先手足軽	行年二十九歳	
浅井新六	第二番手	使番兼徒士頭	行年四十八歳	安堂寺にて討死
渡辺源之助	第二番手	大砲方	行年三十九歳	
小泉又三郎	第二番手	働武者	行年十六歳	
内山金之助	第二番手	徒士	行年二十八歳	
高橋栄七	第二番手	甲士徒士	行年五十八歳	
河野岩之助	第二番手	先手足軽	行年三十二歳	
深田弥平治	第二番手	先手足軽	行年四十五歳	
下條元理	医師		行年三十四歳	
徳右エ門	夫役		行年五十歳	
亀吉	夫役		行年三十五歳	

仙蔵　　　　　　　　　夫役　　　　　　　　　　　　　　行年三十五歳

青岩《あおいわ》河原にて切腹、斬首

高月鎗三郎　　第一番手　働武者　　　　　行年十九歳

山崎磯平　　　第一番手　足軽目付　　　　行年四十二歳

田上繁蔵　　　第一番手　先手足軽　　　　行年五十二歳

二木助五郎　　第二番手　働武者　　　　　行年四十八歳

竹内嘉平治　　第二番手　甲士徒士　　　　行年五十九歳

中村俊達　　　医師　　　　　　　　　　　行年四十五歳

関口定七　　　別手廻手先（間諜）　　　　行年四十九歳

首実検の場に出された首は、その身に着けている甲冑から身分が高いと見られ、なお且つ、敵ながらあっぱれな戦いぶりであったことを浪士らから認められた者である。従って、大砲の砲撃で討死した者や、誰の鉄砲で討たれたかがわからない者については含まれていない。また、安堂寺での戦いにおいて、炎の中での激戦で討死した者についても含まれていない。

第二番手働武者深井助太郎は弓を持って戦い、浪士らも認めた見事な戦いぶりであったが、最終的には自ら腹を切って最後を迎えている。おそらく誰によって最後に討たれたのかが、はっきりとわかっている者の首が首実検の場には出されたのであろう。

前述したが、首実検の場に出された関根榮三郎は、唯一徒士であり、その身なりも藩から支給された鎧兜である。よほどあっぱれな戦いぶりであったのであろう。


高崎藩の死亡者の中には、二名の医師が含まれている。下條元理と中村俊達である。

第二番手の医師下條元理は、本陣の里見邸で二木又三郎の治療をしていた際、その白兵戦の最中《さなか》に浪士らに討たれている。

中村俊達は、高崎勢が天狗党を追悼する際に通過した山名村の医師であり、高崎藩の従軍の医師が少ないことを見て、自ら従軍を志願してとある。俊達は、果敢にも本陣に乱入してきた浪士らに刀を持って対抗したとあるが所詮は医師である。深手を負わされ捕縛されてしまった。

俊達は、青岩河原にて切腹を願い出、武士にも負けない立派な最後を見せたとある。


下仁田戦争当時の高崎観音山の清水寺《せいすいじ》の僧仙岳《せんがく》は、戦後遺族らと共に下仁田に入り、高崎藩士らの遺体の引き取りに立ち会っている。

その清水寺には、門をくぐると右手に田村堂がある。仙岳は明治三十二年（一八九九年）、七十四歳で亡くなっているが、その田村堂には、戦死者三十六人の木像が収められている。生前の姿にできるだけ近づけようと、戦死者を知る者から伝え聞いた話をもとにその木像は作られたという。

その三十六人の木像を見ると、勇ましくもあり哀しくもあるが、高崎藩の武士道とは何かと語りかけてくるように感じる。

松蔵は、安堂寺から杉の木峠をようやく越え、息を切らせて街道脇の木に寄りかかり座り込んでいた。

腕の傷を見てみると、撃たれた時の衝撃は大きかったが、たいした傷ではなかった。指も動かせるし、痛みを堪えれば腕も上げられる。

落ち着きを取り戻した松蔵が周囲に目をやると、多くの高崎藩士や人夫達がおり、傷を負った者の手当をしていた。また、天狗党の浪士らの追撃に備えている藩士らもいる。

しばらくすると、何やら逆方向の安中方面が騒がしくなった。そこへ高崎藩第三番手の先遣隊が駆け付けてきたのである。

なんと、その中の農兵隊に松蔵の息子の小助がいた。

小助は、傷ついた父の松蔵がいるのを見て驚き、慌てて駆け寄る。

「おとっあん、傷を負ったのか」

その声が小助のものとわかると、松蔵は小助の顔を見て思わず小助の胸に泣きついた。

「おとっあん、どうした、大丈夫か、もう安心してくれ」

松蔵の腕の傷を見た小助は、命にかかわるような傷でないことがわかり安心をした。そして、

「若様、祭之助様は」

と、父に聞いた。

松蔵は、小助の胸の中で泣きながら、ただ首を横に振るだけである。小助は、このような父親の姿を見るのは初めてである。そして、祭之助が討死したことを知ったのである。

鎧兜に身を固め、勇ましく城下から出陣するところを見送った祭之助が、もうこの世にいないというのだ。小助から見ても四歳年下の祭之助は、まだ子供のようなものである。なんと残酷な、戦《いくさ》というものは、そういうものなのだと改めて知らされたのである。

「おとっあん、大島様は、順次郎様は」

と、小助は泣き崩れている父親の両肩に手をやりながら聞いた。

「おそらく、お討死であろう」

松蔵は、悲しみと腕の苦痛に堪え、涙ながらに答えるのが精一杯であった。小助は膝から崩れ落ち、順次郎から借りた鎗を両腕でしっかりと抱きしめ、そして、声を出して泣いた。

その後の高崎藩兵は、杉の木峠を北に落ち、妙義山の山麓の菅原村にて、どうにか隊列を整える。そして安中城下に入り、遅れて来た第三番手の本隊と合流するのである。

果敢にも、なんと高崎藩兵は天狗党への追討を再度考えたとあるが、高崎城にいる城代宮部兵右衛門の命により、翌日十七日の夕刻には高崎城に戻ってくることになる。

全身血にまみれ、なんとか歩いている者もいれば、既に戸板に乗っている者もいる。

十二日の夜、高崎城の追手門の枡形から勇ましく出陣していった藩士らが、痛ましい敗軍の姿で戻ってきたのを見て、高崎城下の人達の多くは声が出なかったとある。

下仁田宿での合戦を傍観していた小幡・七日市両藩の兵は、天狗党が信州に入れず引き返してくるものと屁理屈を考え、上丹入村《かみにゅう》（富岡市）に陣を張って天狗党を待ち構えたと記録にある。引き返してきた天狗党を迎え撃つのなら、下仁田街道沿いに陣を構えるべきであろうが、一の宮から北に三キロも離れた山中で何をするつもりであったのであろうか。おそらく高崎藩が敗れたことを知り、戦いに参加をしなかったことが幕府に追及されるかも知れないと、途方にくれていたのではないだろうか。

『北甘楽郡史《きたかんらぐんし》』には、下仁田での高崎藩の敗因は小幡との連携を無視して高崎勢が下仁田に突出したとある。まったく呆れてしまう。

小幡藩兵は、下仁田宿から二キロほど離れた馬山村（現甘楽郡下仁田町）に陣を張り、その後白山峠にて天狗党と対峙していたとある。七日市藩兵は、下仁田から四キロほどの中沢村（現富岡市）に陣を張っており、その後どこまで下仁田宿に近づいたのかはわからないが、小幡、七日市の両藩とも、下仁田からの大砲や銃撃の音を聞いた後、下仁田宿に打ち入ることは十分にできたはずである。しかし、逆に兵を引いたとある。高崎藩兵を見殺しにしたと言っても過言ではないだろう。

もし高崎藩が突出してしまったのであれば、小幡藩の人数は高崎藩の第一番手、第二番手の数を合わせたより多いのであるから、すぐにでも高崎藩との戦闘で疲れた天狗党を小幡藩が追撃すればよかったのではないか。

関東取締役の中山誠一郎でさえ、猟師や農民を集め、安堂寺の先の中小坂の能野神社にて鉄砲を天狗党の浪士らに向かって撃ちかけている。高崎藩を敗走させた天狗党の浪士らに、猟師や農民をかき集めて攻撃をするなど、並大抵の覚悟ではできないことである。

天狗党の軍勢は、その日に内山峠を越えることなく、下仁田宿の次の宿場にて泊まっている。いくらでも、小幡藩や七日市藩の追撃の機会があった筈である。

いくつかの文献には、熊野山に現れた天狗党の浪士らが、小幡藩の旗を持っていたとの記述がある。もしそうであれば、小幡藩から旗をもらったのか奪ったのであろうが、それはいつのことになるのであろうか。

浪士らが自分らで作ったことも可能性としては考えられるが、数で勝る天狗党が、そのような小細工をする必要は全くなかったであろう。

このことは、戦後になって、小幡藩の卑怯なふるまいを知った誰かが口にし始めたことではないだろうか。

高崎藩の下仁田宿への放火の計画については、おそらくなかったのだろうと思われる。高崎藩第一番手、第二番手の動きを見る限り、それに配慮した動きはなかった。

宿場に火をつけるのであれば、近くに藩兵を待機させ、火の手が上がったそのどさくさに攻め込む、または、もぐり込ませた密偵が放火をしやすいように、周辺でいくつかの小競り合いを起こすはずであるが、高崎藩兵にそのような動きがあったとは記録にはない。

おそらく、天狗党が下仁田の民衆を味方につけるため、捕らえた密偵が下仁田を灰にするのを天狗党が防いだとでも宣伝をしたのであろう。山国兵部であれば、そのくらいは朝飯前である。

戦闘の翌日十七日の午後、高崎藩は第三番手の者頭中澤岡右衛門らが、戦後の状況を確認するために足軽二十人を率いて下仁田宿の戦地へ入っている。

天狗党の浪士が去った下仁田宿の惨状は、言語に絶するものであった。

高崎藩本陣の里見治兵衛の屋敷は、明治十六年に母屋が焼失してしまったが、当時は柱や鴨居、梁などに多くの弾痕が残っているのが見られた。その里見家の土蔵は今も残されており、白壁に多くの弾痕を確認することができ、当時の戦のすさまじさを容易に想像することができる。

その白兵戦のすさまじさから、至る所に血しぶきが見られ、白兵戦で切り落ちた指がそこら中にころがっていた。また、敗走した高崎藩士のものと思われる刀、鎗、火縄銃、鎧兜などがいたる所に散乱していた。

高崎藩士らの遺体は、討死した場所に放置されたままであり、ほとんどの遺体の首は落とされていた。首実検の場に出されなかった首は、遺体のそばに捨てられていたままである。屍を喰う野良犬もうろうろしており、中澤岡右衛門らは、まず戦死者の遺体を収容することを急がねばならなかった。

また中澤岡右衛門らは、それぞれの戦死者の遺体の状況も、太刀傷、鉄砲傷など詳細に確認した。これらは、藩の記録として残されている。

下仁田宿の者から、専修院本誓寺《ほんせいじ》に首実検の首が埋められていることを聞いた岡右衛門らは樽を掘り出し、詰めてあった首をそれぞれの胴体につなげ、遺体を遺族らに引き渡す準備をした。

首実検に出された首については、名前が書かれた札がついていたので容易に判断ができたが、首と胴体が別々であったため、中には、誰の遺体かわかるまで多くの時間を要したものもあった。

また安堂寺で焼けた民家の中にあった遺体は、見るのもつらいほど損傷がひどかった。

そして、戦いの二日後の十八日には、高崎より多くの藩兵や戦死者の遺族が下仁田へ入る。

腕に手傷を負っている松蔵も、前日の夕刻に高崎城に戻ってきたばかりというのに、気丈にも祭之助の父若原七郎兵衛と弟の達三と共に下仁田に向かう。そして祭之助の遺体は、その日のうちに、他の高崎藩士らの遺体と共に高崎の城下に帰ることになる。

これら藩士の声なき帰城を見るために、多くの町人達が高崎城追手門前でひしめき合ったと伝えられている。いつの世も、民衆の行動には変わりがないものである。

松蔵らが遺体を引き取りに高崎の城下を出たのは早朝である。他の多くの戦死者の遺族らも一緒である。

吉井、七日市を通り、松蔵ら三人は小中峠を越え下仁田宿に入る。祭之助の養母おゆうも下仁田まで行きたいと言っていたが、片道七里（二十八キロ）を超えるほどの道のりでは、とても女の足では無理であると言い聞かせ、遺体が帰ってきた時の準備を恥ずかしくないようにしてくれと頼み納得をしてもらった。

峠を下った専修院本誓寺に遺体が集められていると聞かされていたが、松蔵は、祭之助の父若原七郎兵衛に、最初に祭之助が討死した場所に行きたいと言われ、三人は、まずはそこへ足を運ぶことになる。七郎兵衛は、遺体と対面することにより、祭之助が討死した現実を受け入れざるを得ないことが嫌であったのであろうか。

三人がその場所に近づいていくと、鉄砲で撃たれた時のものなのか、祭之助の大きな血痕があった。また、その周囲にも多くの血が飛び散っていた。

三人は、その場にしゃがりこみ、無言のまましばらくその場で手を合わせた。そして、その後三人は、遺体が集められている専修院本誓寺に向かう。

既に高崎藩士らの遺体は、筵《むしろ》や戸板の上に並べて置かれていた。そして遺体には、筵が掛けられていた。

三人は、すぐに祭之助の遺体の所に案内されたが、七郎兵衛は、まず他の遺体に丁寧に一人ずつ手を合わせた。

そしてその後、祭之介の遺体のそばに近づくと、藩の役人が筵をあげ、顔に掛けられていた白布を取った。間違いなく祭之助である。既に首と胴体は縫い付けられていた。そして、幸いにもその顔は安らかに目を閉じていた。

悲しいことに、本木家に伝わっていた鎧兜は、戦利品として天狗党の浪士らに持ち去られてしまっていたようである。祭之助の遺体は鎧下着姿であった。

しばらく三人は祭之助の安らかな顔を見つめていた。が、悲しみに耐えられなくなった達三が突然、

「兄上」

と、泣きながら遺体にすがり付いた。意外にも七郎兵衛は、それを見苦しいからと、止めようとはしなかった。おそらく自分の代わりに達三をしばらく泣かせていたのではないだろうか。

周囲に置かれた他の遺体の周りでも、同様に涙を流しながらの悲しみの声や嗚咽《おえつ》が聞こえている。無理もない、親子ともども討死した家もあるのだ。

祭之助の遺体には、顔の右側の鬢から耳にかけて切り傷があり、右肩にもいくつもの突かれた傷があった。脇腹も切られていた。そして、胸板に二発の鉄砲傷である。

祭之助のその安らかな顔とあまりにも不釣り合いなその傷を見た七郎兵衛は、どれほどまでの働きをすれば、これほどの傷を負うのであろうかと、堪えていた涙がついに頰をつたった。

松蔵が、

「若宮様、若様の戦ぶりは誠に見事で……」

と、言いかけたが、七郎兵衛は右手を上げてそれを制した。

「松蔵、この傷を見ればどんな戦ぶりだったひと目でわかる。言うな」
祭之介の傷は、全て敵に向かってのものである。その傷跡を見ることで七郎兵衛は十分であった。祭之助の最後などは聞きたくはなかったのである。

祭之助の遺体の身づくろいを始めた松蔵は、その鎧下着の胸元を見てはっとした。「高崎藩士　本木祭之助」と、名前が書かれた白布が縫い付けられていたのだ。おそらく、祭之助の養母おゆうが縫い付けたものであろう。

おゆうは、心の中では祭之助の無事を祈りながらも、武家としての覚悟をしていたのであった。出陣の日に祭之助がこの具足下着に袖を通す際、親子の間でどのような言葉のやりとりがあったのであろうか……松蔵は、祭之助の遺体の身づくろいを涙を流しながら行った。

祭之助らの遺体は、その日のうちに高崎へ運ばれることになる。藩のために立派に戦ってくれた藩士らの遺体を、大八車に乗せて筵を掛けて運ぶことはとてもできないことから、急遽藩の用意した仮の棺に納め、遺体は大八車で運ばれた。

祭之助らの遺体は、下仁田宿から小坂峠を越え、七日市、吉井を通り、そして高崎城に着いたのは日が沈んだ後である。

三十六体の高崎藩士らの遺体は、七日市陣屋のすぐ目の前の街道を通っている。その際、七日市藩士らは何を思ったのであろうか。

遺体が高崎城下の本木家に着くと、気丈にも祭之助の養母おゆうは周囲にてきぱきと指示をしていた。庭もしっかりと掃かれ、清めの打ち水もしてあった。門の提灯には既に火が入れられていた。祭之助に恥ずかしくないように迎えたいのである。

七郎兵衛が、

「本木祭之助殿のご到着でござる」

と、ひと言挨拶をし、式台から皆で祭之助の遺体を家に上げた。

横にいた松蔵は、その時のおゆうと七郎兵衛の顔を見て涙を堪えることができなかった。

高崎藩では、この下仁田戦争にて戦死者の家を弔問にお訪ずれた際、

「この度《たび》のご討死、誠にご祝着に存じ上げますする」

と、挨拶するのが習わしだったと記録にある。（祝着とは喜び祝うこと。うれしく思うこと。満足に思うこと）

しかし、柩《ひつぎ》が運ばれてきたときの遺族の悲しみは、どれほどのものであったろうか。

討死した深井助太郎の妹たいは、戦死したことを祝儀ということに、理不尽を感じたと語り残している。

戦国時代そのものの甲冑に身を固め出陣していった高崎藩の侍達、またその家族らも、まさに戦国

時代の戦いそのものであったのである。

戦いのない徳川泰平の二百五十年の間、武士とはこういうものでなければならぬと、武士道を毎日のように聞かされ、我が殿は……我が家は……と、長い歴史を物語のように聞かされ続けたことによりそれは培養され、そして、「恥じの文化」のもと、ご先祖様に顔向けができなくなることのないようにと、武士としての人間美、行動美を作り上げてきたのである。

武士とは、ただ単に刀を差して、殿様に奉公をして禄をもらうだけではない。ましてや合戦ともなれば、殿様のためにこのように死ななければならないと、立派に討死するところに本懐があり、そのための一挙一動が武士としての振る舞いでなければならない。それが徳川二百五十年の間に作り上げられた武士道ではないだろうか。


この下仁田での合戦の報告が高崎藩主から幕府になされ、幕府より、高崎藩の戦死者については金十両、負傷者には金五両が御手当金として下賜《かし》された。

藩からは、戦死者の家に対しては上下の区別なく二百五十疋《ひき》を下賜し、戦争に参加した藩士にも同様に二百疋を下賜した。

（疋《ひき》とは、祝儀やお礼の贈答のときに使われた単位である。時代や場所によって変わるので一概には言えないが、幕末では、金一疋は銭二十五文程度であると考えられることから百疋で一両の四分の一程度になる）

また、特に戦死した家については、家格を進めるとともに、一人扶から二人扶を永久に給することとした。但し、時代が明治に入り、版籍奉還を迎えると高崎藩は消滅する。そして、これらは廃止されることになる。

高崎藩に対しては、文書での出兵命令だけではなく、追討軍田沼意尊の手の者が高崎に宿陣していたとの記録もある。そのため高崎藩は、幕府の目を気にして積極的に追討せざるをえなかったのではないだろうかとの見方がある。または、田沼から不当な圧力が高崎藩にあったのかも知れない。

田沼意尊の曽祖父田沼意次とその政敵である松平定信との確執はよく知られている。定信は八代将軍吉宗の孫であり、御三卿の田安家に生まれ、将来将軍になる可能性もあったと云われている。しかしながら、当時老中として幕府政治の実権を握っていた意次により、陸奥白河藩松平家に養子としてだされている。

意次は、いわゆる田沼時代と呼ばれ権勢を握り幕政改革（賄賂政治、金権腐敗の政治と云われている）を行ったが、将軍家治が亡くなると、松平定信は、意次を老中から失脚させるために動いている。その定信に従い協力をしたのが高崎藩大河内松平家四代の輝高である。この様なことは、高崎藩士らも当然知っていた筈である。

意次は、意尊の敬愛する曾祖父である。そのことを忘れてはおらず、圧力を高崎藩に対して加えたのであろうか。

意敬は、高崎藩の主力部隊が水戸方面にいることは、当然把握していたはずである。従って、高崎藩八万石の高崎城に残る兵力も知っている。それにもかかわらず、天狗党が上州へ向かうとの動きを知っても、高崎藩の主力部隊を早く高崎に戻そうとした動きは見られない。意尊の配下の幕府追討軍も、目立った動きをしていない。

意敬から不当な圧力が高崎藩にあり、その背景から高崎藩城代宮部兵右衛門は、破れかぶれで藩士を出陣させ戦いに挑み、意敬に当てつけるように藩士らの屍《しかばね》を戦場に晒《さら》したのであろうか。

しかし、そうは思えない。勝てる勝算がなくはなかったのである。そして、その戦いぶりは、高崎藩士の武士としての意地を十二分に見せつけたのである。

十　天狗党騒動の終焉《しゅうえん》

下仁田戦争における高崎藩の敗戦は、その後天狗党が通過することになる信州の各藩に大きな影響を与えている。

内山峠を守備していた御影《みかげ》陣屋の指揮する農兵は、天狗党が近付いてくると、はるか遠くから聞こえる太鼓の音に驚き恐れ、鎗や鉄砲を放り出し一目散に逃げてしまったとある。

初鳥屋《はっとや》宿に出兵していた小諸藩、香坂峠に出兵していた岩村田藩についても同様に、天狗党の太鼓の音に戦意を失って兵を引いている。天狗党は、何ら戦いをすることなく容易に中山道に入ることができている。

信州の諸藩の中では、天狗党に間道を通ってもらうために、資金の提供をした藩もあるなか、唯一天狗党の前に立ちはだかったのは、諏訪藩三万石と松本藩六万石のみである。

松本藩と諏訪藩は、中山道の和田峠の南、樋橋《とよはし》村にて陣をはり、総勢二千の軍勢にて天狗党を迎え撃った。下仁田での合戦のわずか四日後、十一月二十日のことである。

山国兵部の采配で、両軍が正面で衝突している間に、天狗党は背後と側面の山に敵に悟られることなく部隊を移動し、またもや得意の奇襲攻撃を行った。

松本、諏訪連合軍は、まさか険しい山をよじ登って浪士らが奇襲を仕掛けてくるとは思いもよらず、完全に意表を突かれてしまった。さらには、奇襲に合わせて、密かに山上に引き上げた大砲からも一斉に砲撃が始まり連合軍は慌てふためく。そこへ、天狗党の総攻撃の太鼓の音が響き渡る。

連合軍は大混乱に陥り、もはや坂を転がるように下諏訪へ向かって敗走するのが精一杯であった。

天狗党の浪士らの、筑波からの豊富な実戦経験がものを言った戦いであった。

総勢二千人の松本藩と諏訪藩の軍勢に対し、このような戦をする天狗党相手に、よくぞ高崎藩は二百人で堂々と迎え撃ったものである。

この和田峠での戦いは、午後二時頃に始まり六時頃には終わったとある。戦死者は天狗党六名、松本藩五名、諏訪藩六名と云われている。

天狗党の浪士らは戦いが終わった後、下諏訪宿に入りその夜を過ごした。

諏訪藩では、上諏訪の高島城から諏訪湖を挟んで目と鼻の先にいる天狗党の浪士らが、高島城に攻めてくるのではないかと緊張の一夜であったという。


二〇二一年、旧諏訪藩士宅にて、和田嶺合戦についての記録『自戦和嶺記』が見つかったとの新聞の記事がある。

それには戦いに至るまでの経過も記されており、他藩と同じように通過を黙認しようとの藩内の動きに対して、その日記を書いた本人である諏訪藩用人塩原彦七が「我が殿（諏訪忠誠《ただまさ》）は老中である」との主戦論を展開し、藩論をまとめ出兵となったことが記してある。

その日記では、彦七が天狗党の志にはある程度の理解があったようにも受け取れる部分があり、幕府の敦賀での処罰についても天狗党に同情している。

対して幕府については、相当に思うことがあった様である。天狗党に後方からのろのろとついていき、形勢が変われば強権をふるう。この臆病さは幕政を握る身分にふさわしくないとの批判をしている。

幕府に対する批判があるため、この日記は一族の中でも極秘に扱われており、二〇二一年まで、世に公表されることはなかったのである。

面白いことに、島崎藤村の『夜明け前』にでてくる和田嶺合戦の描写が『自戦和嶺記』のものと酷似した点が多いという。

彦七の孫娘が諏訪出身の教育者伊藤長七と結婚しており、長七が小諸に移った際、島崎藤村と親友になっていたことから、藤村は明らかに『自戦和嶺記』を見ている筈であると、彦七の子孫がその記事の中で述べている。


中山道の和田峠で諏訪・松本連合軍を打ち破った天狗党は、その後伊那路を南下し飯田に入る。前述したが、飯田藩領にて天狗党が間道を通り去った後、田沼意尊により、飯田藩の関所役人二名が戦わずして浪士らを通したことを責められ、後に切腹をさせられている。

伊那街道沿いには、多くの平田国学の門人らがおり、民衆は天狗党に比較的好意的であったという。

江戸時代まで、学問と言えば儒教が中心であったが、それら中国の古典だけで物足りず、江戸時代の中旬から日本の古典についても研究が始められた。万葉集や古事記についてである。これが国学である。

神代から日本の成り立ちまでが簡潔に示されており、多くの庶民らに受け入れられた。そして、西欧の国々とは異なり、わが日本は神が作ったものであり神の子孫である天皇が統治すべきと、国学は尊王攘夷論に行きつくのである。

なお、天狗党が飯田藩領を通る際、先触役《さきぶれ》の薄井督太郎が天狗党から離れている。督太郎は、故郷の飯田を戦乱に巻き込むことを受け入れられなかったのである。また、下仁田、和田峠と戦が相次ぎ、天狗党の行く先にも不安を感じていたのでもあろう。

督太郎は、飯田の醤油醸造業者の家に生まれており、昌平坂学問所の学僕となり、上洛し頼三樹三郎《らいみきさぶろう》に師事している。安政の大獄で頼三樹三郎が橋本左内《さない》らと共に斬首された後、武田耕雲斎のもとに身を寄せており、耕雲斎と共に天狗党に合流していた。

督太郎は、明治維新後まで生き延び、岩倉具視《ともみ》の知遇を得て、開拓監事、山形県参事、東京裁判所判事などをつとめ、大正五年（一九一六年）八十八年の天寿を全うしている。生前、天狗党については多くを語らなかったとある。


天狗党の浪士らは、飯田から峠を越えて中山道の妻籠《つまご》に入り、その後岐阜に入るが、大垣、彦根などの大藩の出兵を知り天狗党の迷走が始まる。中山道をこのまま進み京に入るのは、もはや不可能であったのだ。

関ケ原に近づくと薩摩藩の中村半次郎（後の桐野利明）が天狗党の前に突然に現れ、中山道を突破し京に入るべきだと言ってきた。

おそらく西郷隆盛の指示であろうが、どのような思惑で中村半次郎を天狗党の元へ送ったのであろうか。天狗党のことを考えてなのか、それとも幕府と一橋慶喜との関係を悪化させ、慶喜を窮地に陥れることが目的であったのだろうか……

最終的に天狗党は、京と目と鼻の先である関ケ原越えをあきらめ、越前への雪の峠越えをすることに決める。天狗党の白魔《はくま》との戦いが始まるのである。

浪士らは、大砲などを分解して背負い、雪の中を厳しい行軍を行った。雪の中で命を落とした者もいる。そして諸藩の追討軍をかわしながらも、なんとか敦賀の新保までたどり着くことができた。そこに出兵してきた加賀藩から、小田原藩、桑名藩、大垣藩、会津藩なども出兵しており、既に数万の軍勢に囲まれていること、また天狗党の浪士らの心の支えとしていた一橋慶喜が、追討軍の総督となったことを知らされる。それを知った天狗党内では、長州藩を目指すべきだとの主張もあったが、最終的に加賀藩の軍監永原甚七郎に降伏することになる。天狗党の四十七日間の辛く長い旅が、ようやく終焉《しゅうえん》を迎えたのであった。

降伏した天狗党の浪士らに対し、加賀藩は手厚くもてなしている。一日の費用がおよそ二百両であったと云われる。いわゆる「百万石の武士道」である。

これはひとえに永原甚七郎の考えによるものである。士分の者には一汁三菜、軽卒に一汁二菜など、そのための加賀藩の出費は莫大なものとなった。

しかしながら、身柄が加賀藩から幕府追討総督の管理下に移されると、永原甚七郎の手が及ばず、天狗党浪士らの扱いは辛辣《しんらつ》なものとなった。

浪士らは、身ぐるみを剥がされ、褌《ふんどし》の中まで調べられ全ての私物を取り上げられる。そして、罪人として十六棟の鰊蔵《にしん》に押し込められた。

この鰊蔵は、肥料用の鰊を入れておくものであり、その悪臭で吐き気をもよおす劣悪な環境であった。そのうえ、当然ながら便所などはなく、鰊蔵には桶が一つ置いてあるだけである。

耕雲斎ら幹部三十人ほどを除き、皆足かせをはめられ、食事は一日に二度で、握り飯一個と、茶碗一杯のぬるま湯が与えられるだけであった。

あまりにも劣悪な環境であったため、この鰊蔵でおよそ二十人ほどが亡くなっている。

この状況を知った永原甚七郎は、浪士らに過酷な処分が行われないように案じ、朝廷や一橋慶喜など各方面へ浪士らの寛大な処分を働きかけていた。

しかし、そのような動きを知ったためであったのか、田沼意尊の決断はあまりにも早かった。

二月一日、幕府追討総督の田沼意尊が敦賀に入ると、その日の午前中に永覚寺で取り調べが始まり、その三日後の二月四日には耕雲斎ら天狗党幹部の処刑が行われたのである。


降伏した天狗党の浪士ら八百二十三人のうち、三百五十二人が処刑された。

元治二年（一八六五年）二月四日、武田耕雲斎ら幹部二十四名が来迎寺境内において斬首されたのを最初に、二月二十三日）までにすべての斬首を終え、他は遠島、水戸送り、追放などの処分を科された。このような過酷な処分は江戸幕府の前例にはない。

また塩漬けにされた武田耕雲斎、山国兵部、田丸稲之衛門、藤田小四郎らの首は、水戸に送られ城下に晒《さら》されたのち、野捨てにされた。

武田耕雲斎の妻が、夫の首を抱かされて斬首された話は、広く知られるところである。

敦賀で処刑された天狗党の浪士らの家族や、水戸送りになった者達も市川派により斬殺などの過酷な処分が待っていたのは言うまでもない。

武田耕雲斎らの首は、敦賀での処刑後、幕府の権威を示すために天狗党浪士らの通ってきた逆の道を通り、水戸に送られたという。

もし、それが本当であれば、おそらく下仁田宿、あるいは高崎城下も通っているのではないかと思われる。しかしながら、それについての記録は見つけることができなかった。

もし、高崎藩士らがそれを見ていたらどう思ったのか。幕府のやることに共感したとは、とても思うことができない。

その年の春、天狗党騒動の終焉を知り、祭之助の弟達三は、観音山の清水寺《せいすいじ》に父若原七郎兵衛と向かった。

その苔むした石段を一歩一歩登っていくと、達三の目に、わずか半年ほど前、自分の前を歩いていた兄祭之助の後ろ姿が目に浮かんでくる。

藩命により、やがては出陣することを覚悟し、長い石段を黙々と歩くその背中は、今思うと高崎藩士として、また本木家の当主として、無理をしてそのお役目に気負っていたようにも思えた。

兄は、何も心残りが無かったのであろうか……

達三は、そう思うと涙がにじんできた。無理もない、兄はこの世に生を受け、わずか十五年であったのである。

長い石段を登り清水寺に着くと、共に三人で立っていた場所に足を運んだ。そして二人は特に言葉を交わすでもなく、山上からの景色をしばらく眺めていた。

達三は横にいる父に視線を移すと、父は何の言葉を発せず景色を見つめている。その父の視線は、はるか遠くにに見える筑波山ではなく高崎城を見つめていた。

三人でこの場所に来たのは、わずか半年ほど前のことである。季節は秋から冬になり、そして今は春を迎えている。

桜の花は、これから咲くためにそのつぼみを膨らませている。

しばらくして達三は父に聞く。

「父上、これからわが藩はどうなるのでしょうか」

「達三、我が若宮家は先祖代々お殿様に仕《つか》え今日を迎えている。我らができることは、どんなことがあってもお殿様、高崎藩のためにお役に立てるよう、常日頃から身も心も準備しておくことだけだ。迷うことがあったら祭之助の墓にいって聞いてくればよい」

と、七郎兵衛は達三に言った。

清水寺から城下への帰り道に頼政神社のわきの道を通ると、大染寺のハクモクレンの木が目に入ってきた。その大きな枝から、いくつもの白色の大きな花が上向きに凛々しく咲いている。

そのハクモクレンの木に近づくと、一人その木を見上げている者がいた。松蔵である。松蔵の姿がそこにあった。

「松蔵。奇遇だな」

「若宮様、ご無沙汰しております。出陣の際、若様が追手門に向かう時、ここでしばらくこのハクモクレンの木を見上げておりましたのを思い出し、ついこの花を見たくなり、ここまで足を運んできてしまいました」

「そうか……」

と、七郎兵衛は言い、しばし松蔵とハクモクレンの木を見上げていた。

松蔵が七郎兵衛の顔に視線を移すと、確かに、その頬に涙が頬をつたうのが見えた。

ハクモクレンの原産地は中国である。

中国から白木蓮が入ってきた際、イギリスの植物園の園長は、「枝先に百合の花がついている木」と、表現したと云われている。

このことから、ハクモクレンの花言葉は、百合のような高貴な花言葉『気高さ』がつけられている。

白木蓮の花は上を向いて咲く。そのまるで空を見上げているような姿が「気高さ」につながったと考えられているという。その花の姿に高崎藩士の武士道を感じるのは、私だけであろうか。

祭之助の墓は、高崎城三ノ丸の北側の赤坂の長松寺にある。残念ながら、今はその家は絶えてしまい訪れる人は誰もいないという。

　しかし、その墓のすぐ近くには、内藤儀八の墓がある。祭之助のその最後の戦いぶりを見ると、高崎藩随一の使い手の近くに葬られ、祭之助は大いに満足であるのではないだろうか。


　天狗党の乱が高崎藩にもたらしたものは、何であったのであろうか。

　確かに高崎藩は対外的には大いに面目を立てたであろう。しかし、対内的にはどうであったのか。結果的には無謀な戦いを挑み、多くの藩士を亡くしたことについて、なんらかの議論は藩内であったのだろうか。また、小幡藩、七日市藩に対して詰問の使者を送るなどは考えなかったのであろうか。それらについては、表立った資料には見られない。

　討死した藩士らの家族に幾ばくかのお金を渡し、一人扶や二人扶を永久に与えたが、それもやがては、版籍奉還後の後の秩禄処分（一八七六年（明治九年））により廃止されることになる。長く続いた武家社会の終焉《しゅうえん》である。

　明治の世になり、自分らが戦った天狗党の浪士らが靖国神社に祀《まつ》られ、中には官位を与えられた者

長松寺の本木祭之助の墓

もいることを知り、彼らと戦った高崎藩士らは何を思ったのであろうか。

その後の高崎藩であるが、幕府から天狗党の乱の終結をねぎらわれると共に、江戸湾の台場の警備を命じられる。そして藩主松平輝声《てるな》は、幕府の陸軍奉行並に取り立てられる。しかし、時代の流れは急であった。

耕雲斎らの処刑後から三年後、鳥羽伏見の戦いにおいて徳川慶喜が敗走し、江戸に逃げ帰り新政府に恭順をすると。中山道を東山道総督府が江戸に向かって発せられる。高崎藩は、金一万両のほか小銃や弾薬を献納し、新政府に恭順をする。

そして高崎藩は新政府の強権的な命令のもと、幕臣小栗上野介捕縛のための出兵や上越国境の三国峠へ出兵し会津藩と戦うなど、明治新政府に隷属《れいぞく》していくことになる。

そして戊辰戦争の後、廃藩置県、版籍奉還を迎え高崎藩は名実ともに消滅する。その後の高崎藩を含む旧上州は、中央から送られた群馬県令に長く支配される。群馬県出身者が知事になるのは、なんと戦後一九四七年の初の公選知事の北野重雄氏まで待たなければならない。

十一　最後に

徳川泰平の時代の終焉の前、高崎藩始まって以来の大きな騒動であったこの天狗党の乱とは、いったい何であったのであろうか。

水戸藩を二分した尊王攘夷運動が、なぜここまで大事《おおごと》になり、諸藩を巻き込む大騒動になってしまったのであろうか。そして、なぜなぜこのような悲劇的な結果に終わってしまったのであろうか。

その一つは、水戸藩主徳川斉昭に遠因がある。斉昭は、その死後に烈公と呼ばれ、なかば神格化されていた存在であった。しかし、生前はその激しい気性から周囲に気を配ることはせず、藩内の尊王攘夷派と保守門閥派の怨嗟《えんさ》の積み重ねに対する配慮が全く欠けていた。むしろ対立を煽《あお》っていたといえる。

その斉昭の激しい性格は、藤田東湖の父である藤田幽谷《ゆうこく》の門弟らに教育をされたことによって大きく影響を受けている。

藤田幽谷は町人の出であるが、秀才であることから彰考館総裁の立原翠軒《すいけん》に取り立てられその門弟となり『大日本史』の編集に携わっている。しかしながら、後に自分を取り立てた翠軒と激しく対立することになり、師である翠軒の面目を大いに潰し破門となっている。

また英国人が大津浜に上陸した際、息子の東湖に異人を斬ることを命じるなど、幽谷は感情をあるがままに表に出す直情的な人間であった。斉昭は、その幽谷の弟子達に教育をされており、斉昭が藩主になってから、この弟子達の意見を多く取り入れていた。そのため斉昭は、藩内での激しい抗争を生んでしまったのである。これが天狗党騒動の遠因になっている。

藤田小四郎らの筑波山での決起の後、保守門閥派の市川三左衛門が天狗党の家族を牢へ入れたことにより、この藩内抗争はさらにエスカレートする。単に天狗党と保守派との争いに留まらず、その家族までが巻き込まれた凄惨な血を血で洗う藩内抗争となったのである。

武田耕雲斎の妻は夫の首を抱かされて斬首され、三歳の子供までが一緒に殺されている。もはや武士道のかけらも無い、狂った殺人鬼による所業である。

そして明治維新後になると、運よく生き残った耕雲斎の孫の金次郎一派が新政府の後ろ盾で水戸に返り咲き、今度は門閥派を斬殺しまくる。こんな悲劇の歴史を持った藩が他にあろうか。


尊王攘夷運動は武士階級だけのものではない。広く国学が庶民にまで浸透していたあの時代、尊王攘夷運動は百姓町民を含む上から下までの総意である。

当初、藤田小四郎の筑波での蹶起に世間は比較的に理解をしていた。諸藩の藩士で天狗党に合流した者も少なくない。

しかしながら、その組織が大きくなるに従い、その軍資金の調達に行き詰まり、特に田中愿蔵《げんぞう》の栃木宿の焼討ちに代表されるような、強盗略奪行為による強引な資金調達をしてしまった。田中愿蔵は天狗党に参加したことにより服装も派手になり、そして驕《おご》り高ぶった。農家から医者へ養子に入り、そして天狗党で一隊を任され、支配される側から支配する側になり、その若さからか思慮分別に欠け舞い上がってしまったのであろうか。水戸藩の郷校（田中愿蔵は野口郷校の館長）の教えとは、この程度のものだったのかと疑問を感じざるを得ない。

この田中愿蔵の取った盗賊まがいの行動が、幕府が本格的な追討軍を差し向ける大きなきっかけとなっている。

天狗党の浪士達やその一部の家族は、維新の功労者として靖国神社に祀《まつ》られているが、田中愿蔵らが祀られていないのが救いである。

天狗党の乱は、徳川幕府が滅びる前の最後の反乱鎮圧であったが（その後の第二次長州征伐では幕府軍は敗退している）、幕府の対応にも大きな問題が見える。

特に追討軍総督の田沼意尊については、門閥派の市川三左衛門の意見をうのみにして戦争をエスカレートさせ、水戸藩内部の争いを鎮静化できなかった。いや、鎮静化しようとしなかったのである。

水戸徳川家の支藩宍戸藩主頼徳に一切の弁明の機会も与えず、一方的に切腹をさせ、その家臣ら三十余人をも斬首したのは、いったいどういう神経なのか。あの悪名高い安政の大獄でさえ、処刑者はわずか十四人なのである（獄死を含む）。田沼の所業は、まさに質の悪いテレビドラマの時代劇を見ている様である。

この田沼の取った対応により、天狗党の乱が全国規模へ広がってしまい、最後には天狗党の浪士ら三百五十三人を断罪にするなど、幕府始まって以来の桁違いの過酷な処分を行うことになるのである。首謀者らの処分は当然であろうが、何故このような過酷な処分が天狗党に対して必要であったのであろうか。

島原の乱以降、最大の出来事であった騒乱を田沼意尊ごときに任せざるを得なかった幕府の人材難は、それほどまでに深刻な状況であったのだ。追討軍の総督といってもたかだか遠州相良藩一万石の藩主である。これを可能とさせた幕府の組織は、既に無責任な体制がはびこり、正しい判断ができないボロボロな状態であったのである。

禁門の変の前、勝海舟が西郷隆盛に対し、

「幕府ではもう駄目だ。日本は駄目になる。日本を近代的な統一国家にしないと列強に侵略されてしまう。幕府にはその能力はない」

ということを話したと云われているが、幕府の内部から見ても相当に酷《ひど》い状況であったのであろう。

薩摩藩の大久保一蔵（後の利通）は、幕府が天狗党浪士らに行った過酷な処分を知ると、その日記に「この非道な行為は、幕府が近々のうちに滅亡することを自らしめしたものである」と記したとある。

この大久保の指摘は、まさに的《まと》を得ている。

この田沼の取った処断により、このまま幕府に政治を任せたままでは、やがてはその狂った刃が自分らに向けられてくるのではと、薩摩藩、長州藩などが危機感を募らせ、その立場、主義主張や怨念を越え協力し、倒幕の動きを加速していくことになるのである。

鳥羽伏見の前後から、外様大名はもとより、徳川譜代や親藩大名まで、さらには、なんと徳川御三家の尾張藩までもが早々に幕府に見切りをつけていることからも、このことがわかる。


天狗党の処分に関しては、公家の中には、攘夷の勅命を奉じた者達として助命の動きもあった。しかし、それも間に合うこともなく田沼が敦賀に入り、そのわずか三日後に耕雲斎らは首を斬られている。そしてその後、瞬く間に三百五十二人もが斬首されたことを知り誰しもが驚愕《きょうがく》した。

その処分を決めた田沼意尊敬の頭の中の構造も尋常ではないが、一橋慶喜が自己の保身からか傍観を決め込み、天狗党の浪士らを右から左へ田沼に差し出し、田沼の処分に任せてしまったことに原因がある。

慶喜は幕府の顔色を窺って浪士らを突き放したのである。斉昭の次に水戸藩主になった徳川慶篤(慶喜の異母兄)においても、天狗党の処分に関し、なんらかの行動を起こしたとの記録は見られない。

慶喜は、明治維新後に天狗党の話になると、途端に不機嫌になったという。多少は罪の意識があったのであろう。

話は少し脇にそれるが、後の鳥羽伏見での戦いにおいて、慶喜は松平容保など一部の側近のみを引き連れ江戸へ逃げ帰り、自らの保身のために上野寛永寺に引き籠もり新政府に対して徹底的に恭順の意を示し、会津藩、桑名藩など、今まで幕府のために(慶喜のために)戦ってきた諸藩を切り捨てている。

天狗党の乱において、慶喜の身の振り方を身近で見ていた会津藩主松平容保などは、やがては自分達が慶喜に見捨てられることを予見することができなかったのであろうか。

藤田小四郎の檄文中に「上は天朝に報じ奉り、下は幕府を補翼し」とある。徳川御三家の水戸藩は、幕府を否定することは立場上できない。小四郎らの筑波蹶起《けっき》は幕府の政治を正すための蹶起であり、幕府と交戦するつもりなどはなかった。しかしながら、その意に反し、最終的には幕府との戦いに始終することになる。

小四郎らが最も問題としていたのは、幕府が朝廷に約束したはずの横浜の鎖港についてまったく実現の見通しが立っていないこと、そして生麦事件の多額の賠償金をイギリスの恫喝《どうかつ》に屈して支払うような幕府の弱腰である。

それを正すということは、幕府に攘夷実行を決断させることである。そして天狗党の蹶起により、幕府の中にも尊攘派がいることを朝廷に知らしめることが小四郎らの目的であったのである。小四郎らは幕政に大きな危機感を抱いており、「攘夷実行の先駆けたらん」として考えていたのである。

しかし、挙兵を聞きつけた諸国の浪士や農民達が加わり、天狗党の規模はあっという間に膨れ上がる。その中には、小四郎らの意志に反し倒幕を口にする者もいた。このような状況の変化に小四郎らは資金のことを含め、新しい絵を描かなければならなかったがそれができなかった。あの渋沢栄一をして、一を聞いて十を知ると云われた藤田小四郎だった筈であるが……

小四郎らは、自分達が筑波山で蹶起すれば、多くの同志が全国から集い、それを先駆けとして、各地での攘夷の蹶起が次々に起こるものと考えていたように思える。理念や信念が先行し、理想と現実を混同してしまい、それに引きずられるように行動してしまったのである。

前述したが、天狗党の浪士らは、明治になって靖国神社に祀られ、中には官位をもらった者もいる。しかし、あくまでも多くの庶民に災いをもたらせた暴徒である。理不尽に彼らに殺された者達が数多くいることを忘れてはならない。

しかしなぜ、薩長による明治新政府では、あれほど全国的に広まっていた尊王攘夷運動が見事なまでに消えてしまい、文明開化の世となってしまったのであろうか。上は朝廷や大名から下は庶民に至るまで、人々はさぞかし面を食らったことであろう。

そもそも倒幕を行うにあたって掲げたスローガンは「尊王攘夷」である。徳川幕府の弱腰外交への不満が倒幕の原点としてあったはずである。

尊王攘夷を掲げた天狗党殉難者は、千四百九十二名と云われている。足軽なども含めた水戸藩士は五百七十五人である。他藩を脱藩した牢人達も多くいたであろうが、その他の多くは農民、郷士、神官、医師などの一般の庶民であった。

そして、多くの諸藩を巻き込んだその騒動の大きさの割には、明治維新を取り扱った書物での扱いは小さい。中にはまったく触れていないものさえある。あの司馬遼太郎氏にして、「幕末は清河八郎が幕を開け、坂本龍馬が閉じた」とさえ言われ蚊帳の外である。

尊王攘夷運動の先駆けとし、日本の国体を変えるべく最初に行動を起こしたのが徳川家の一つである水戸藩ではまずかったのであろう。そして、薩摩長州を中心とした歴史観が、維新政府によって作られてきたのである。

そして、明治政府はあっさりとその「攘夷」を捨て、幕府の外交方針（開国・富国強兵路線）をそのままに引き継ぎ、諸外国との友好的な関係も維持しようとした。今まで攘夷運動を信奉してきた人達からすれば、大きな裏切り行為である。どうやったら、これほどまでに盛んであった尊王攘夷運動を明治新政府は簡単に捨てることができたのであろうか。

それは、攘夷を幕府に要求していた孝明天皇が、信じられないほど絶妙のタイミングで亡くなったことにより可能となったのである。

外国嫌いの孝明天皇が健在であれば、明治政府は開国政策を取れなかった筈である。また長州嫌いの孝明天皇が健在であれば、長州藩の兵が京に入ることなど、決して起こりえなかった。孝明天皇が亡くならなかったのであれば明治維新は起きず、尊王攘夷運動も消えることはなかったのである。

戊辰戦争が始まった後、あの西郷が「まだ戦が足りん」と言ったのは、日本を壊し、スクラップ・アンド・ビルトを考えてのことだろうが、それには新政府の恐ろしさを大名達、士族達、庶民達に見せつけ、後の改革をやりやすくさせることを考えたのであろう。

薩摩長州に逆らうと、どんな目にあわされるかを戊辰戦争で日本中に見せつける必要があったのである。戊辰戦争で会津を灰にされ、最後は斗南藩に一藩流罪の仕打ちを受けた会津藩は、その犠牲の最たるものであろう。

明治政府に逆らい尊王攘夷などと言い出したらどんなことになるか、新政府は徳川幕府以上に尊王攘夷運動を弾圧している。

近年、漫画や映画の『るろうに剣心』のモデルになった川上彦斎《げんさい》は、維新後も排外主義的な攘夷を要求し、幕末から彦斎とつながりがあった三条実美や木戸孝允は、彦斎にその変節をなじられたことがある。三条実美は「彦斎が生きているうちは枕を高くして寝られない」と、側近に漏らしていたという。

最終的に彦斎は、日本橋小伝馬町にて罪人として斬首されている。明治四年のことである。危険な攘夷論者と見なされたための処刑である。

彦斎の生き方とは真逆に、維新前は草莽の士として尊王攘夷運動に加わり、維新後は変わり身が早くそれを捨て、明治新政府の役職につく旨味《うまみ》を得た者が多いのは実に皮肉である。

確かに尊王攘夷運動は、近代国家を目指す日本の足かせであった。明治政府は、版籍奉還、廃藩置県などを行い、天皇を中心とした中央集権国家を作り、近代国家への道を進めているが、国民の総意としてあった尊王攘夷運動を捨て去った明治維新は革命ではなく、単に幕府の中で利権を貪り食っていた者達に代わり、薩長の下級武士や公家などが、新たにその利権を貪《むさぼ》るためのものだったのではないだろうか。西南戦争などの大きな危機はあったが、よくぞ建武の中興の二《に》の舞《まえ》にならなかったものである。

完

本木祭之助

高崎藩士戦死者絵巻より（下仁田戦争から 50 年後の大正 2 年（1913 年）の慰霊祭の際に水原恕洸により描かれ頼政神社に奉納されている）

あとがき

幼い少年達が戦場に駆り出された話では、幕末の会津藩の白虎隊が広く世に知られている。

本木祭之助は、その白虎隊士より若い十五歳である。そして、その他にも高崎藩は、十代の藩士を何人もこの下仁田戦争に駆り出している。その事実を一地方の歴史としてではなく、広く全国の人に知ってもらいたいと思ったことが、この小説を書いたきっかけである。

若くして、藩の存亡をかけた戦《いくさ》に駆り出されたこれらの若者は、いったいどのような心境だったのであろうか。

映画の『ラストサムライ』では、母親と幼い子供の親子が突然忍びの襲撃に会い、その幼い息子（おそらく、六～七歳程度ではないだろうか）が、勇敢にも刀を手に取り、母親を守るために忍びに向かって斬りかかるシーンがある。

おそらく、武士の子は幼い時からそのように育てられているのであろう。わずか十代で戦に駆り出され、例え討死しても、彼らにはそれが本望であったのではないだろうか。平和の中にどっぷりとつかった我々現代の人間の価値観では、とても考えの及ばない武士としての生き方があるのではないだろうか。

高崎市の観音山にある清水寺《せいすいじ》の田村堂には、この戦いで命を落とした高崎藩士らの木像三十六体が祀《まつ》ってある。今も田村堂に足を運ぶと、いつでもそれを見ることができる。

この木像は、戦死者の生前の姿を聞き、それを模したものであると云われており、なるほど一人一人の特徴がよく表されている。何度訪問しても、これらの木像は、何かを語りかけてくれるようである。

もう三十年以上も前のことだったと思う。何気なく訪れた群馬県立博物館にて、高崎藩士堤金之丞氏の兜を見た。

当時は常設展で、日常的にその兜の展示がされてあったのである（現在は、何か特別な展示でもない限り見ることはできない）。その兜の左前頭部の所には、弾痕の痕があった。これが、私と下仁田戦争との最初の出会いであった。

その兜を見た衝撃から、図書館などに足を運び、下仁田戦争関連の本や資料を読みまくった、また、当然ながら下仁田町の博物館にも足を運んだ。この下仁田の博物館については、新たな発見がないかと、何年かに一度は必ず足を運んでいる。

今までに多くの文献に目を通したが、その当日のことを高崎藩士の目線から語っている文献はなかった。

そこで、多くの文献から事実関係を考察し、その結果から自分なりに考えたことを小説として書き始めた。なんとしても、散った高崎藩士、特に若い藩士らの散り際をなんらかの形で残したかったのである。

　本小説には、いささか独《ひと》りよがりの部分があると思うが、そこはご容赦をいただきたい。何しろ三十年間にわたって思っていたことが、ようやく実現することができたのである。


　この小説を書くにあたり、再び下仁田町へ何回も足を運んでみた。その際、水戸の天狗党やそれを追跡した高崎藩士達の気持ちが少しでもわかればと車ではなく電車を利用し、始発の高崎駅から終点の下仁田駅まで上信電鉄を利用している。もう少し若ければ、太田大光院から下仁田まで旧街道を歩くことができたかと思うと残念である。

　下仁田に着くと、天狗党が本陣とした桜井家はもちろん、戦いのあった里見家や往時の下仁田の町や古くからの街道を歩いて見て廻った。このような静かな山村で、今からわずか百五十年ぐらい前に、天狗党と高崎藩士の激しい戦いがあったとはとても信じられないほど、下仁田町は、のどかな自然豊かな山村である。

　おそらく本木祭之介が天狗党を相手に大立ち回りをしたであろう旧街道にも足を運んだ。そこから安堂寺までを歩き、高崎藩士達が必死の殿戦を挑んだ場面も想像してみた。そして、その場所場所にて目を閉じ、しばし当時の光景を思い浮かべてみた。

　残された家族の悲しみは言語に絶するものがあろうが、高崎藩士としての誇りのため家の名誉のため、自らの命をかけて戦った高崎藩士達は皆、侍として悔いのない最後であったのではないだろうか。そう思いいたい。

本木祭之助の墓は、高崎市内の長松寺にある。残念ながら、今はその家は絶えてしまい訪れる人はいないという。もし訪れる機会があったなら、是非線香の一つも上げていただけないであろうか。

本小説にも書かれているが、祭之助の墓のすぐ近くには内藤儀八の墓がある。内藤儀八の武勇に負けず、祭之助も自分の武勇を儀八に語り、二人で話に花を咲かせているのではないだろうか。

参考文献

『群馬県史　通史編四』群馬県
『埼玉県史』埼玉県
『前橋市史　第二巻』前橋市
『高崎市史　通史編三』高崎市
『高崎市史　資料編五』高崎市
『伊勢崎市史　通史編二』伊勢崎市
『安中市史　第二巻　通史編』安中市
『甘楽町史』甘楽町
『下仁田町史』下仁田町
『境町史　歴史編』境町
『復刻　下仁田戦争記』深井景員　あさお社
『下仁田戦争感想録』石原應恒
『上州の城』上毛新聞社
『群馬県の中世城郭跡』群馬県教育委員会
『高崎城絵図　櫻井一雄家文書を中心に』高崎市

『幕末の上州　水戸天狗党と下仁田戦争』群馬県立歴史博物館
『下仁田戦争始末記』下仁田町教育委員会
『新編物語藩史　四巻』新人物往来社
『三百藩家臣人名辞典　二巻』新人物往来社
『近世藩制・藩校大事典』吉川弘文館
『中山道風の旅』さいたま出版会
浜口富士雄『群馬の漢文碑（続）』東風書店
今泉　鐸次郎『河井継之助伝』象山社
堤克政『天狗党事件と高崎藩』上毛新聞社
田畑勉『上州の藩士と生活』上毛新聞社
堤克政『ちょんまげ時代の高崎』あさお社
栗原佳『伊勢崎藩　シリーズ藩物語り』現代書館
清水吉二『動乱の高崎藩』上毛新聞社
田島武夫『高崎の名所と伝説』高崎中央ライオンズクラブ
大塚政義『水戸天狗党と下仁田戦争百五十話』上毛新聞社
小高旭之『幕末維新埼玉人物列伝』さきたま出版会
落合延孝『幕末民衆の情報世界』有志舎
徳永信一郎『幕末列藩流血録』毎日新聞社

萩原進『群馬県人』新人物往来社
神谷次郎・粗田浩一『幕末維新三百藩総覧』新人物往来社
日置昌一『庶民の維新史一　ペリー日本に来る』日本出版協同株式会社
高橋敏『国定忠治を男にした女侠　菊池徳の一生』朝日新聞社
島崎藤村『夜明け前』岩波文庫
光武敏郎『天狗党が往く』秋田書店
司馬遼太郎『最後の将軍』文藝春秋
伊東潤『義烈千秋』新潮社
山田風太郎『魔群の通過　天狗党叙事詩』筑摩書房

その他、上毛及上毛人、上州路、西毛史学、扇光、群馬歴史散歩、商工たかさき、ぐんま経済などの機関紙・雑誌等からも多くの文献や資料を参考とさせていただきました。

【著者紹介】

藤原　文四郎（ふじわら　ぶんしろう）

群馬県伊勢崎市出身。
1980 年代より、半導体などの電子部品の研究開発に従事する。大手日本企業、ヨーロッパのグローバル企業、香港企業、シリコンバレーのコンサルティングファームなどに国内外で勤務する傍ら郷土の歴史を探究する。陽明学徒であり、家庭を愛する愛犬家でもある。
新潟大学大学院修了、技術経営修士。
著書『上州国盗り物語　那波一門史』（郁朋社）

花《はな》の散《ち》るらむ　——高崎藩《たかさきはん》下仁田《しもにた》戦争《せんそう》始末記《しまつき》——

2024 年 9 月 6 日　第 1 刷発行

著　者 — 藤原《ふじわら》　文四郎《ぶんしろう》

発行者 — 佐藤　聡

発行所 — 株式会社 郁朋社《いくほうしや》

〒 101-0061　東京都千代田区神田三崎町 2-20-4
電　話　03（3234）8923（代表）
ＦＡＸ　03（3234）3948
振　替　00160-5-100328

印刷･製本 — 日本ハイコム株式会社

落丁、乱丁本はお取り替え致します。

郁朋社ホームページアドレス　http://www.ikuhousha.com
この本に関するご意見・ご感想をメールでお寄せいただく際は、
comment@ikuhousha.com までお願い致します。

 Printed in Japan　ISBN978-4-87302-826-2 C0093